JN109463

幽霊

チョン・ヨンジュン
浅田絵美訳

彩流社

유령 by Jung Yong-jun
Copyright © 2018 by Jung Yong-jun
First published in Korea by Hyundae Munhak Publishing Co., Ltd. All rights reserved.
Japanese Translation copyright © 2021 by Sairyusha Publishing Co., Ltd.
This Japanese translation edition is published by arrangement with Hyundae Munhak Publishing Co., Ltd. through CUON Inc.

幽霊

目次

1

——凍った海を見たことがありますか。

——凍りついた海面を割って、ゆっくり進んでいく砕氷船は？

——ギシギシと砕かれていく海の慟哭《どうこく》を聞いたこともない。そうでしょう？

——……。

——一度見に行ったらいいですよ。見ごたえがありますから。


胸がざわつく。きのうからユンは、何《なん》とも言えない忌まわしさに苛《さいな》まれていた。気分的な問題ではなかった。感情の問題でもない。こちらの目をしげしげと覗《のぞ》きこんでくる茶色の透き通った二つの瞳。こちらを見つめる理由を問うと、男はこう答えた。

「ただ見ているだけですよ」

「なぜだ」

「担当官を見定めているんです」

何気《なにげ》なくその目を見ていたユンは、心を見透かされたような気がして、思わず一歩後ずさりした。

「まあ、だいたいわかりました」と言って男は口をつぐんだ。少し目線を合わせただけなのに、ただわかったと言われただけなのに、体の奥深くまでぐいっと手を入れられて、なかを覗きこまれているような気分。大きな氷を突っこまれたように体は冷えきり、心は乱れていた。


「おい！」

ユンは顔を上げた。同僚の視線が自分に向けられ、いらついた顔を歪ませた刑務所長がヒステリックな声で怒鳴った。

「なにを考えているんだ！　今、四七四番について話しているじゃないか。ちゃんと聞いているのか」

「聞いています」

「あいつのどんなことでも摑んでやろうってマスコミが騒ぎ立てているのを知っているだろう。何としても、妙なうわさが立たないようにしなきゃならん。頭がいかれた奴らの相手をするのが俺らの仕事だが、ここまで狂った奴は初めてだ」

ユンは、所長の姿を眺めていた。腕や足は細いのに、腹と尻がぽっこり出ている奇妙な体つき。話すたびに突き出る唇と、ネズミに似た大きくて長細い前歯。しゃがれ声で早口。ユンは視線を窓の外へ向けた。黒雲が天井のように空を覆《おお》っている。まだ朝の七時半だというのに、まるで夜のようだ。所長が出ていくと、パク刑務官がカバンから携帯電話を取りだした。夜中にブログに書いた文章へのコメントをチェックし、その一つ一つに返事を残している。そのとき、向かい側に座っていたチェ刑務官が、音を立ててノートを畳《たた》んだ。

「そうやって携帯ばかりいじっていたら、いつか問題になりかねませんよ」

パクは軽く手をあげて「わかった、わかった」と呟くだけで顔さえ上げない。

管理室に向かうユンに、チェが駆けよった。

「どこへ行く?」

「解錠の時間なので」

「じゃあ、一緒に行くか」

十五年目の刑務官はパクとは違う。受刑者と必要以上に距離が近く、矯正のためにあらゆる力を注ぐパクとは異なり、チェは冷静かつ理性的な態度で受刑者との距離を保っている。パクは、機会さえあれば聞かれていないことまでマスコミに顔出しで懇切丁寧に説明する。そんなときチェは、話すべきことと話してはならないことを分けるよう注意を促し、刑務所のイメージを重視するパクが意見を出すたびに「刑務所はキャンパスではありません」と苦言を呈した。一方、ユンに対しては思いやりのある心優しい先輩だった。チェがユンの肩に手を回した。最近入ったバドミントン同好会にルール違反をするメンバーが多いとか、息子二人の学習塾の費用が手に負えないなどと愚痴をこぼした。ユンは頷きながら軽く相づちを打った。二人は自販機のコーヒーを片手に、受刑者が作ったノートの評判が上々で、売れ行きがいいことについて話した。飲み終えた紙コップを手でつぶしながらチェが切り出した。

「なぁ、ユン。四七四番のことだが、お前にもなにも言ってこないのか」

「ええ、特に。ほとんど口を開きませんから」

「そうだろうな」

チェはううんと唸り、少し間を置いてから慎重に語りはじめた。

「妙だと思わないか」

ユンは、紙コップを口から離してチェを見つめた。

「これまでいろんな奴を見てきたけど、こんなタイプは初めてだ。不気味なんだよ。態度だって普通じゃないし、余裕ぶっているのだってそうだ。あまりに潔《いさぎよ》いじゃないか。罪を受け入れて、全部認めて。だからといって罪を悔いて反省している態度でもない。違う、なにかが違う。だけどそれが何なのかわからないんだ」

「なにか問題でも?」

「問題というより……普通の人間なら、あんなふうにはできないだろう。あんなに平然としていられるはずがないんだ。わからないから釈然としない。この世で一番恐ろしい奴がどんな奴だかわかるか」

ユンは口をつぐんで目をしばたたかせた。

「残忍な奴？　殺人犯？　サイコパス？　いや、そうじゃない。なにを考えているのかわからない奴だ。まあ、とにかく気をつけろよ」

「なにを、ですか」

「おかずになることだ」

コーヒーを飲んでいたユンは、ぷっと声を出して笑った。

「四七四番は、そっちのほうなら一番安心できる受刑者じゃありませんか」

「いや、俺の話をちゃんと聞けよ。おかずにされたことが原因で、この制服を脱ぐはめになった先輩がどれほど多いことか。最初からハメられる奴なんかいないんだ。俺たちは絶対に気を緩めてはならない。一定の距離を保って、絶対に線を超えるな。同情したり、興味を持つのもよくない。あいつらはな、相手の弱点を本能的に摑むんだ。なにか見えたら、すかさず噛みついて放さない。パク刑務官はもうブログに書いてたよ。四七四番がまじめに生活していて矯正に向けて努力しているってな。そのうちメディアのインタビューでも受けるんじゃないか。あの人はいつか痛い目に遭《あ》うに決まっている。矯正だと？」

その瞬間、チェの表情がこわばった。

「笑わせるんじゃない。獣はな、服を着せたって獣なんだ」

ユンは頷いた。チェはユンの肩をポンと叩いて、工場へ歩いていった。

2

十二名が命を落とした。党首をはじめとする現職の国会議員四名、官僚四名、警備員一名、一般人三名。党大会が開かれたその日、食事を終えた議員らは温泉へ向かった。警察が現場に着いたとき、タイル床のいたるところで小川のように血が流れ、九歳の少年が、大理石づくりの水風呂の階段に座りこんで泣き声をあげていた。真っ赤に染まった浴槽に浸かり、静かに目を閉じていた男。その男が抵抗することはなかった。

官僚と国会議員の殺人事件。捜査官は動機と影の主犯について取り調べ、医者は男の精神鑑定を行なった。男の答えは簡潔だった。「すべての容疑を認めます。共犯者もおらず、個人的な恨みもありません。政治的意図もありません」。捜査は難航した。その上、男はこの世に存在しない者だった。指紋は登録されておらず、当然ながら住民登録番号もなかった。犯罪情報センターにも記録がないため、身元を証明したり推測できるような手がかりや資料は存在しなかった。前科はなかったが、前科がないはずなどないため、あらゆる憶測が飛び交った。スパイ、あるいは第三国からの亡命者、一人っ子政策によって出生届が出されなかった中国人、対立している政党が影に潜んでいるという陰謀論まで持ちあがった。それだけでなく、猟奇的で完璧な殺害方法ゆえに、未解決事件の有力な容疑者として挙げられることもあった。マスコミは、ミステリアスなこの男をテーマにした番組を連日放送した。殺害動機の究明特集を組んで事件を多角的に分析し、さまざまな可能性を示唆した。しかし、結局何一つ明らかにすることはできなかった。男は、身元以外に隠すものなどなにもなかったからだ。

男はサイコパスではなかった。同じ状況下で類似した刺激を与えると、正常な反応を見せた。一般的な理解力と認知能力を備えており、生き物を殺《あや》めたときに快感を抱いたり、残忍な気質を持っているわけでもなかった。医師の問いかけや相談士の質問に理性的かつ合理的に答え、自身も精神異常を否定した。宗教家との面談も嫌がることはなかった。その一方、情緒的なアプローチや、霊的思想に関する会話は受け入れなかった。捜査に必要なすべてのプロセスには誠実に応じたが、同じ質問を繰り返されたときは沈黙した。専門家らは困惑しながらも、男の言葉に偽りはないとの暫定的な結論を下した。気にかかる点があるとすれば、家族に関連した質問をしたとき、少々過敏な反応を見せたことだけだった。親がいるのかという問いには、きっぱりとこう答えた。

「いません」
幼少期についてさらに聞こうとすると、眉をひそめてこう言った。
「孤児だと言ったはずですが……。どのあたりが聞こえなかったんでしょうか」

男は控訴しなかった。最高裁まで行くことなく、一審の判決を受け入れた。刑は確定し、速やかに刑務所に移送された。死刑囚を示す赤色の名札を胸につけ、四七四という番号が与えられた。

監視カメラから映し出される受刑者は、それぞれ異なる姿勢で過ごしている。本を読み、シャドーボクシングをし、手紙を書き、窓の外を眺め、逆立ちをし、二人ずつペアになって肩をもみ合い、宙に向かって叫び、笑い、泣き、ひとり言をいう。四七四番は、背筋を伸ばして床に座り、壁をじっと見つめていた。モニターの上部にノイズ表示がなかったら、静止画のように見えるほどピクリとも動かない。午前八時。ユンは解錠ボタンを押した。相部屋と独房の扉が同時に開く。待ちかまえていたように受刑者が出てくる。立ち上がった四七四番は、鏡の前で足を止めた。顔を左に向け、それから右に向ける。鏡に近づき、顕微鏡で観察するように念入りに瞳をチェックした。それから突然口を大きく開けた。あんぐり口を開けて餌を待つアンコウのような姿で、しばらく鏡の前に立っていた。ユンは監視カメラの前に張りついて、食い入るように見つめていた。その行動や表情一つから、ささいな気配だけでも摑みたかった。捉えどころがない。内面が摑めない。なぜあんなことをしたのか。おとなしく捕まったのはなぜか。因果関係がおかしい。まるで捕まるためにあんなことをしたようじゃないか。妙な点は、ほかにもある。男は一般的な受刑者とは違う。恨みをぶつけることも、事件について弁明することもなかった。なにかを手に入れたり得をするためにへりくだったり、巧妙な話術を使うこともなかった。受刑者が収監されるときによく見せる反応とも違っていた。不安や焦りは見受けられず、どっしり構えて強く見せようと装《よそお》ったり、悪ぶることさえなかった。

ユンは、廊下を歩く自分の足に目をやった。一歩進むたびに靴音がコツコツと響く。膝に力を入れ、かかとでしっかり床を踏み、できるだけ音を立てないように歩いてみる。音は聞こえなくなったが、鈍くてかすかな響きまでは消えない。ユンが覚えている四七四番の第一印象は、過剰なほど穏やかだった。初めて刑務所に足を踏み入れた日。気後《きおく》れしてしまいがちな環境でも、まったく動じることはなかった。冷めた表情で質問に答え、視線もゆるがない。ゆっくり歩きながら独房へ向かうとき、特に気をつけているようでもなかったのに、足音がまったく聞こえなかった。

受刑者とは、恨みつらみを並べるものだ。弱々しい姿を見せて情けを乞おうとする。少しでも多くのものを手に入れようとし、刑務官と個人的で密《ひそ》やかな関係になるために骨を折る。けれども男はなにもしなかった。それがかえってユンの興味をそそった。刑務官というものは、基本的に罪質を問うことはない。集中するのは、矯正と統制だ。窃盗犯であっても、悪い習性を捨てられず問題を起こしたりルールを守れなければ、特別注意対象となる。極悪非道な殺人犯でも、矯正プログラムを受けてルールを順守すれば模範囚となる。ユンは四七四番の担当刑務官として、男と毎日接していた。懸念に反して、男が問題を起こすことはなかった。近くで感じたのは、怖ろしさや畏怖の念ではなかった。男は、誠実でまじめな受刑者だった。与えられた条件以外に求めることはなく、コントロールされることに不満を見せることもなかった。六時に起床し、朝食を残さず食べる。扉を開けても外に出ず、主に座っていたり横になっていたりする。たまに腕立て伏せや屈伸運動をしてから、肩と手首、首と腰、膝と骨盤をゆっくり回し、その一つ一つを手で触って確かめる。エンジンを点検する整備士のように、隅々まで感覚を研ぎ澄ませて体の状態をチェックする。塀に積もった雪やゆっくり動く雲を何時間も眺めていることもある。たいてい夜はよく眠るが、ときおり明け方に発作を起こしたように寝言をいう。ひとり言をいうこともあるし、苦しい夢を見たのか、叫び声をあげることもある。聞き取れない国の言葉を口に出す日もあった。ユンは聞こえたままをメモ帳に記し、謎の単語を発音してみる。ムミヤ、オフィス……。

そういうわけで、ユンは四七四番を恐れる理由がなかった。過剰に警戒する必要もなかった。男がなにをどこまで犯してしまったのかはわからないが、いずれにせよ、ユンにとってはまじめな模範囚だった。難点をあげるとしたら、義務である運動時間に外に出るのを嫌がることくらいだった。ただ、一部の好奇心旺盛で質《たち》の悪い受刑者が、しきりに声をかけては些細なことで言いがかりをつけてケンカを売ってきたため、彼らと顔を合わせたくない気持ちは理解できた。男への監督・指導は、主に独房で行なわれた。受刑者との面談と心身状態の把握は、刑務官の仕事だ。しかし、それは秘められた楽しみでもあった。男が決して見せることのない胸の内と秘密に思いを馳せ、少しずつ覗き見るのはスリルがあった。ユンは、ほかの受刑者からは感じたことのない独特な魅力と好奇心を男に抱いていた。特に親切にしたり特恵を与えたわけではなかったが、男との業務上の面談を密かに待ちわびていた。ユンは事件について訊ねることはなかったが、好奇心は日増しに膨れあがっていった。動機がないと述べた真意が知りたかった。男の狭い額と青白くて疲れのにじんだ面持ちは、どこか憐《あわ》れみの念を抱かせ、言葉を選びながらゆっくり話す低い声は強くきっぱりとしていて、妙な説得力があった。なによりも人を黙らせる不思議な力を持っており、捜査官が取り調べ中に必要な供述をほとんど聞き出せなかったのは、そのせいだと思われた。

男は、思いがけないことを聞いてくることもあった。

「あの事件、テレビで放送されていますか」

ユンは頷いた。

「気になるのか」

「いいえ」

いつからか男は、討論のようなものをしたがるようになった。

「わたしは罪人でしょうか」

ユンは、引きこまれてはならないとわかっていながらも、湧きあがる好奇心を抑えることができなかった。しばらく悩んでからこう答えた。

「刑務所にいるんだから罪人だろう。だが面白いことに、ここにいる奴らはみんな悔しがるんだ。身の潔白を訴える奴もいるしな。俺の考えは、そうだな……。俺は、何一つ判断するつもりはない」

男はしばらくの間、壁を見つめていた。壁の向こう側の情景でも眺めているかのように、茶色がかった瞳は遠く彼方《かなた》を見据えていた。

「一つお話ししましょうか。弓の名手になるという運命を背負って、一人の男が冬の日に生まれました。幼いころから狩りが得意で、多くのものを殺めたそうです。なにかを捕まえて命を奪うこと。それが好きだとか、望んでいたわけではなかったのですが、腕が抜群だったので、いつの間にかそれが仕事になりました。プロ級の殺し屋で、何一つ痕跡を残さなかったし、失敗することもなかった。殺した相手は記録には残りません。未解決事件や事故として残るだけです。奴がなにかをじっと睨みつければ、倒れないものなどありませんでした。その目は見誤ることなどないし、目つきはナイフのように鋭いんですから」

ほんの少しの間、男は口をつぐんで寂しそうな笑みを浮かべた。

「でも……。いつからか、やめたいと思うようになりました」

そういうと、顔を上げて窓の外に目を向けた。

「今日のように、雪の舞い散る日でした。外に出ると、あたりは一面真っ白。色も姿も失い、すべてが別の世界へ消えてしまったように空っぽになっていました。その光景を前にして、美しいとか素晴らしいというより、もうやめたい、そう思ったそうです。自分もあんなふうになりたい、意味のない風景の一部になりたい、終わりにしたい。うんざりして、煩《わずら》わしくて、鬱陶《うっとう》しい、と。なにかを感じること、考えて、苦労して、動くということすべてに嫌気がさしたそうです。死ぬしかないことはわかっていましたが、彼を殺めようとする者なんていなかったし、だれも彼を殺せやしなかった。自死するという手もありましたが、そんな衝動や虚しさを一度も抱いたことはありませんでした。それは、彼が望む手段でもありませんでしたから。だから、正当なやり方で終わらせようと決心したんです」

「正当なやり方……何に対する？　罪の意識を消したかったということか？」

「罪？　いや、そうじゃない。形が必要だっただけです。彼は罪の意識なんかなかった。だから罪悪感を抱くこともなかったんです」

「人を殺したのに、それは罪じゃない。そう言いたいのか？」

男はしばらく黙りこみ、壁にもたれて考えこんだ。ゆっくり言葉を選ぶように、声には出さず唇だけを動かした。そしてつづきを語りはじめた。

「人はいつか死にます。体の限界とともに死を迎えられたらいいでしょうが、ほとんどは別の理由でこの世を去るのです。雷に打たれたり、洪水に巻きこまれるかもしれないし、大雪で孤立してしまうかもしれない。狂暴なクマに襲われたり、小さな微生物やバクテリアが体に入りこんで死ぬことだってある。自然の理《ことわり》によって死を迎えるといいますが、思うほど穏やかなものではありません。自然は気まぐれで不完全ですから。でも、自然を悪だと言う人はいません。自然には、だれかを殺めようという意志がないからです。一体なぜそんなことが起きたのか、理由はなにかと問いかけても、答えは返ってこない。最初から理由などないからです。意図も、目的も、ない。つまり、一部の人間にとって彼は、自然のような存在なんです。彼には意図などありません。なにかを殺したいという欲望もないし、それによって得られる快感も求めていない。ただ殺すだけ。憎悪を抱く人もいないし、愛する人もいない。だから復讐などしないし、誤解も生まれない。豪雨が、大雪が、雷が、クマが、人間に罪悪感を抱く必要がありますか。シカの息の根を止めたライオンが、自分を生んだ神に許しを請《こ》うことはないでしょう。ただ食べるだけです。本性《ほんせい》とはそういうものです」

ユンは、しばらくなにもいえなかった。言い返す言葉が何一つ見つからなかったからだ。男もまた、それ以上口を開くことはなかった。三平米の狭い独房に、重い沈黙が流れた。ユンはかろうじて告げた。

「罪がないというなら、一体なぜここにいるんだ?」

男は、いつもと違った表情でユンを見つめた。頬は紅潮し、少し気持ちが高ぶっているようだったが、目は悲哀に満ちていた。

「ああ、いや、ただの作り話ですよ」

ユンは腰を上げた。言葉を失い、まるで大きな壁に目の前が阻まれたように心がふさいだ。男は会釈をし、ユンは黙ってその場を後にした。背後で扉が閉まり、ユンはしばらく廊下に立ちすくんでいた。指先がしびれていた。男の憮然《ぶぜん》とした眼差しが、扉越しに背中を掴んで離さなかった。不気味な震えだった。

3

ある日、四七四番に面会したいという女が現れた。刑務所では、男の面会を一時的に禁止していた。国会議員を殺害した謎の男の情報をキャッチしようと記者は血眼《ちまなこ》になっていたし、テレビ局も取材を望んでいた。疑惑と憶測が飛び交うなか、政治的な陰謀論が広がっていた。刑が確定し、捜査が終わった事件であっても、政府はどんな形であれメディアで騒がれるのを嫌がった。なにより本人が、刑務所で決められている面談以外にはなにも受けつけなかったため、その女の面会は事実上不可能だった。しかし、面会ができないという説明を聞かされても、女は何度も刑務所を訪れては申込書に記入した。相談室で名簿をチェックしたユンは、その女のことが気になった。面会理由は空欄になっていて、受刑者との関係を記す欄にもなにも書かれていない。わかったのは、年齢と名前だけだった。四十八歳、シン・ヘギョン。

ダークカーキのツーピースに、枯れ色のマフラーで首から口元を隠した女が、相談室の椅子に腰かけていた。顔は青白く、くぼんだ頬骨の下は茶色がかっていた。こめかみには灰色のほくろがあり、めがねのテンプルに挟まった髪には、白髪が交じっていた。冷たい風には一月初旬の侘《わび》しさが漂っていて、女は部屋の中央に凍りついたようにじっと座っていた。そして、しばらくしてからその場を去った。ユンは、このことを男に伝えなかった。わけはうまく説明できないが、どんな形であれ、この女の存在は男を刺激するだろうという予感がしたからだ。

三人の受刑者が、背後から四七四番に声をかけてきた。三人を殺害した無期懲役囚が仲良くやろうといいながら、「おい、おい」としつこく呼びかけ、幼稚園に火をつけた放火犯は、男の左肩を摑みながら、なんでお前があんなことをしたのか気になって仕方ない、温泉で国会議員を殺した理由を教えてほしいと話しかけた。暴力で三年の刑を受けたものの、度重なる事件や事故で七年以上服役中の囚人は、出し抜けに「気をつけろよ」という言葉だけを繰り返した。男は何の反応も見せず、塀に沿って歩きつづけた。独房に戻る直前、男は歩みを止めて後ろにいたユンに目を向けた。

「担当官も気になりますか」

「なにが？」

「あの事件を起こした理由ですよ」

「さっさと歩け」

ユンは応じることなく、男の腕を摑んだ。そのとき、体を寄せてきた男が耳元でささやいた。

「目に好奇心が漂っていますよ」

ユンは、一歩退《ひ》くようにという意味で、右手をあげて手のひらを見せた。男は、後ずさりしながら妙な微笑を浮かべた。

「それでも最後まで聞いてこない。気に入りましたよ」

ふう、と声に出して、男は息を長く吐いた。白い息が宙に浮かび、すぐ消えた。

「人はなぜ、行動には理由があると思うのでしょうか。話すのも聞くのも、煩わしいだけなのに」

ユンは、男を独房に入れて扉を閉めた。

「行動には理由が伴うものだろう。いくらお前が理由がないと訴えても、俺は信じない」

男は手についていた埃《ほこり》を払って、床に腰を下ろした。

「担当官は、人を惑わせるタイプだ。寡黙なのか賢いのか、どうにも掴めませんね」

罪人かって？　罪を犯したんだからそうに決まっているじゃないか。あれだけ人を殺しておいて罪人かと聞いてくるとはな。俺をおちょくっているのか、それとも事件について話したいのか……。

ユンはそう言いたい気持ちをぐっと抑え、何食わぬ顔で背を向けた。

「ちょっといいですか」

男は、左手で右手の親指に触れていた。少しかすったような、細長くてかすかな赤み。男は眉間にしわを寄せ、困ったような表情を浮かべていた。

「怪我をしたようなんですが、塗り薬と絆創膏をもらえますか」

ちょっとしたかすり傷とも呼べないほどの小さな傷を治療したいと言われたユンは、込みあげる怒りを抑えながら頷いた。男は、ことさら傷には敏感だった。小さなあざや、肌が少し擦《す》りむけて赤くなっただけでも過剰に反応した。入所初日に消毒液がほしいと言われたときも、なにか大きな怪我でもしたのかと思ったが、実際はくるぶしの皮が少しむけていただけだった。

医務事務官のカンは、絆創膏、ガーゼ、傷口用の消毒液、それからゲル状の塗り薬をユンに持たせた。

「フシジンレオ、ツボクサ、ヘパリンナトリウム。これが何だかわかるか」

ユンは訝《いぶか》しげにカンを見つめた。

「塗り薬に入っている成分だよ。四七四番は、全部知っているんだ。この半月の間に五回もここへ来て、それぞれの成分を言いながら傷薬を持っていった。ちょっとおかしいと思わないか。一日に十二人も手にかけた奴が、自分の体の傷には神経質になるなんて」

カンは、ユンの手首を引いて椅子に座らせ、引き出しから事件を分析した専門家の意見書と検視結果を取り出した。

「こんなの見たことあるか。奴はかなりのやり手だ。ためらった跡も悩んだ跡もない。偶発的でも衝動的でもなかったというわけだ。ここからあそこまで箱を運ぶように、順々に殺人が実行されたんだよ。あいつには用心しなきゃな」

ユンは、しばらくページをめくってから呟いた。

「気をつけてはいるんですけど、思っていたよりまともなんです。模範囚というか……」

模範囚と口にしてから、我ながら馬鹿馬鹿しくなって苦笑いした。カンは呆れたような顔でつられて笑い、ユンの肩をトンと叩いた。

「じゃあな。模範囚さんに早く薬を塗ってやらなきゃ」

ユンは四七四番の独房ではなく、管理室へ向かった。監視カメラの画面に映る男は、背筋を伸ばして床に座ったまま、壁をじっと見つめていた。「奴はかなりの訓練を積んでいます」。ふと蘇《よみがえ》った捜査官の言葉。男の刑が確定し、拘置所から刑務所に移送される前日、刑務官の全体会議で新受刑者に関する異例の説明会が行なわれた。捜査官が事件について報告し、政府関係者らが犠牲になったことから、特にマスコミとの接触はシャットアウトするよう命じた。ほかの刑務官が殺害方法とその残虐さにショックを隠せないでいたとき、ユンの心は別のほうに向いていた。なぜ捕まったのか。なぜ控訴もせず、一審の死刑判決を受け入れたのか。資料画面をスライドしながら捜査官が述べた。「使われた拳銃は、その気になればロシア人船員から容易に手に入れることのできる、マカロフの旧モデルです。九ミリ弾の九発入りで、そのすべてが使用されました。銃傷による死亡者は九名です。一発で一人の命を奪ったことになります。シャワーの前に立っていた人は後頭部を、洗い場の椅子に座っていた人はこめかみを、浴槽に浸かっていた人は額《ひたい》を撃たれました。四七四番は手早く引き金を引き、その過程で一瞬のためらいもありませんでした。犠牲者本人も襲撃を予測できず、気づいていたとしても何らかの行動を起こす前に命を奪われたと思われます。使用されたナイフはパキスタン製で、殺傷用の特殊な武器ではありません。所持許可がなくても、だれでも簡単に購入できます。これで三名が殺害されました。犠牲者はみな、あごの下に小さな深い刺し傷がありました。頸動脈切断です。そのうち一人には抵抗した跡がありました。右足首と首の後ろに打撲の跡があり、左肩の骨を脱臼していました。おそらく四七四番によって押さえつけられたものと思われ、攻撃を受けた部位すべてが急所と関節でした。奴は格闘に長《た》けています。迅速かつ効率的な手段で実行したというわけです」。ここで捜査官は少しの間沈黙して、こう呟いた。「このように人を殺すのは、容易《たやす》いことではありません」。ユンは、四七四番が見つめる、白くて平らな壁に目を向けた。男の視線はまっすぐ前に向けられていたが、本当に見ているのは壁の向こう側のような気がした。なにを見て、なにを考えているのか。ユンは、男に向かってポツリと呟いた。

「おい。一体お前は、何者なんだ」

四七四番の担当刑務官に決まったとき、顔には出さなかったが、ユンは内心喜びを感じていた。好奇心でいっぱいの心が燃えあがっていた。もちろん、用心していた。知りたい素振りを見せまいと、興味のないふりをするよう努めていた。ある程度の距離を保ったまま待つ。待ちつづけること。それは、ユン自らが認める唯一の特技だった。圧力を加えられて、これ以上前に進めなくなったアリの震えが止まるまで、貯水池でおぼれた四十雀《シジュウカラ》が羽をばたつかせた後、細長い二本の足をすっと伸ばして二度と動かなくなるまで、黙々と待ちつづけた。冬の真夜中、人通りの少ない国道で、車にひかれた子犬が、暖かい息を吐きながらゆっくり死を迎えるさまをじっと見ていたこともあった。無表情でしゃがみこみ、命が消えていく様子を静かに見届けること。ユンはそれが得意だった。好んでいるわけではないと信じ、善《よ》い行ないとはいえなくても決して悪いことではないと自らを正当化しながら、待ち、そして最後まで見届けた。だれかが落ちぶれていくさまを、だれかの秘密が何らかの理由によって暴かれるさまを、後悔と絶望に打ちひしがれ、よだれを垂らしながら涙を流す姿を、この目で見てきた。直接関わることも、原因と結果に居合わすこともなく、かといってまったく無関係ではない場所からその様子を確かめられるよう、常に適度な距離を計算し、その線の前に立っていた。彼のことを邪悪だとか恐ろしいと言う者もいたが、さっぱりしていて合理的な性格だと好意を抱く者がほとんどだった。四七四番の内面を覗いてみたかった。そして、死ぬまで見届けたかった。自分からは近づかない。お前が線を越えてくるのだ。こちらからは何一つ訊《き》きはしない、お前が先に口を開くまでは。善人なのか悪人なのかわからないように接する。親切なのか冷淡なのか見分けがつかないよう適当に頬をゆるめ、ここぞというときに表情を凍らせる。独房はうす暗さを保ち、夜明けなのか夕方なのかわからないようにする。好奇心は隠し、弱点は見せない。そばにいるのに、友人なのか敵なのか判断できないようにするのだ。焦りを捨てて、不安を飲みこみ、沈黙を守る。そのうち向こうから近づいてくるだろう。きっと確かめようとするはずだ。うつむき、鼻を鳴らしながら這ってくるだろう。そして懇願するのだ。頼むからなにか一言話してくださいと。なんでも訊いてほしい、すべて告白しますからと。しかし、今回は違う。待つのが苦しい。焦りで指先が震え、鼓動は激しくなった。

四七四番は、一週間に一度の入浴時間をフルに使った。強く注がれる熱いシャワーをゆっくり浴び、固形石けんをこすってしっかり泡を立て、体の隅々まで洗った。わきや足の指の間まで丁寧に水気を拭きとり、最後には手足の爪を切った。男の体には傷痕が多かった。その大半は、腕と肩にあった。ちらっと見ただけでは、抽象画の刺青《いれずみ》かと見まがうほどだった。とても小さな傷でも、きちんと縫った痕が見られた。腹部にも二か所ほど傷があり、そこにも同じように縫い痕があった。

タオルで頭を拭いている後ろ姿に向かって、ユンは声をかけた。

「面会に来る家族はいないのか」

男はタオルを首にかけ、ちらりと振り返った。

「いませんが」

「親はいるだろう」

男は塗り薬を少し取って、親指の先にそっと塗った。

「いませんよ。孤児ですから」

「いや、孤児でも親はいるだろう。亡くなったのか」

踏みこんだことを訊いたユンは、男の表情と瞳に漂うひやりとした狂気を感じ取っていた。それでも、その勢いを止めなかった。

「可能性は低いだろうが、もし刑が執行されたら……」

ひと息ついてからつづきを話す声は、小さく密やかになった。

「連絡がつく人がいなければと思ってな」

男は指で髪の毛をはらい、一歩ずつ近づいてきた。ユンは柔らかな笑みを浮かべたまま、うろたえることなくその場に立っていた。頭一つ分の距離まで近づいてきた殺人犯からは、キュウリ石けんの香りがした。

「いませんよ。死ぬのなら、最期に会うのは担当官になるでしょうね、きっと」

男の声からは、冷たい氷で覆われた熱い怒りが読み取れた。男は、完璧な統制力と狂気を同時に発していた。

「話がある」

ユンは、長い沈黙の末に告げた。

「半月前から面会の申し込みをしている女がいる。面会は禁止だと伝えても、何度も来るそうだ。それで、親族かと思ってお前に聞いてみたわけだ。年配のようにも見えたし……。まあ、手柄をあげようとした記者かもしれないがな」

その瞬間、男の目が揺らいだ。一貫して聡明な光を帯びていた眼差しが急に曇った。一瞬、ときめきの色がちらついたが、すぐに軽蔑の色へと変わった。ほかの人なら気づけないほどのかすかなゆらぎだったが、ユンは男の戸惑いに気がついた。長い間培ってきた術で平常心を保っていたが、ユンは感じ取っていた。男が動揺していることを。男は音を立てずに何度か呼吸をした後、一言ずつはっきりと言い放った。

「いません。会いに来る人は」

「そうか」

ユンは、洗い終えた囚人服を床に置き、その上に絆創膏を乗せた。最後の一言を言い淀《よど》んでいた。氷のようにひんやりしていて、ずっと口には入れておけない言葉。いつかは告げることになる名前。

シン・ヘギョン。

4

昨夜、初雪が降った。十一月十三日の初雪は、早いのか遅いのか。そういえば、あの日も十一月だった。ヘギョンは開きかけた記憶にふたをするため、スイッチを切るように目を閉じ、しばらくしてからゆっくり瞼《まぶた》を開いた。テーブルの上の時計に目をやる。シルエットのように浮かび上がる部屋。はっきり見えるものはない。枕の上に手を伸ばして手探りでめがねを探し、もう一度時計を見る。七時十五分。眠りにつく前に見た時間は、明け方の五時五十五分だった。一時間あまりの短い眠り。女は、心のいらだちを認めた。大半の心配事は、寝てしまえば消えてなくなったり、取るに足りないと感じるものだが、そんなふうにはやり過ごせないことが起こった。寝つけなかったのはいつぶりだろう。恐怖で心が乱れたのは、いつだっただろうか。

いつものように顔を洗って横になった。眠くはなかった。正体不明の感情が、つま先から首筋まで瞬く間に込みあがり、やがて眩暈《めまい》がした。痛みがどんなものかはわからないが、今感じていることの重くて目がくらむような混乱が、頭痛の症状だと気づいた。正座をして頭を抱えたまま、眩暈がおさまるのを待った。洗面所に駆けこみ、冷水でタオルを濡らして顔にあてた。深夜一時。冷蔵庫から豆腐を出して一定の大きさに切り、溶き卵をからめて、熱したフライパンで焼いた。ボウルに豆を入れて水をひたし、三十分間その前で腕組みをしながら豆が戻るのを待つ。それから茹でて、醬油を加えて煮こんだ。ガスレンジの前に立ち、タールのような粘り気を出しながら黒い泡を立てている醬油を見つめた。物干し台に干してあった衣類を真四角に畳んで几帳面に重ね、暗闇が半分ほど立ちこめた部屋を見渡した。家具はなく、物はすべて塔のように積み上げてあった。本の塔、Tシャツの塔、ズボンの塔。台所の奥にはインスタントラーメンが入った段ボールが、その上にはシーチキンやランチョンミートの缶詰がわかりやすいように置いてあった。カーテンのすき間から黄色く光る街灯の明かりが見え、小さな虫のような粉雪が舞っていた。明け方四時。床《とこ》についた。腕を上に伸ばして、片方の手で額を隠し、もう片方で目を隠した。

意識がどこまでも遠のくような夢うつつのとき、ヘギョンははっと驚いて起き上がり、左足のつま先を見た。親指の横にある黒ずんだ四本の指がピクピク震えていた。暗闇が作り出した、触れることのできないある種の現象。それはちょっとした演技のようで、透明な影のようで、恐ろしい悪霊のようでもあった。記憶の扉が開いて、荒々しい風が吹く。吹雪が吹きつける。膝まで積もった雪をザクザクと踏み歩く、女の両足。尖った二本のナイフのように、音を立てて切り刻みながら、心に踏みこんでくる二つの瞳。

路地に出た。古びてみすぼらしいビルや物が、雪に覆われて真っ白になっていた。通りにはだれもいない。冷たい風に、生ごみのにおいとかすかな香《こう》のかおりが混ざっている。どこかの家で香を焚いているのだろうか。ヘギョンは振り向いてあたりを見渡した。固く閉ざされたドアは、死んだ動物の閉じた目のように静かで侘しげだった。街灯の下に目を向ける。そこだけ丸く雪は積もっておらず、まわりには無数の足跡が残っていた。積もった雪を踏みつづけてできた、丸く湿った場所。夕べ、階段をのぼろうとしたとき、だれかに見られているような気がして振り返った。街灯の下に人影が見えた。うつむいていた男がゆっくり顔を上げたとき、女は目をそらした。そして、何事もなかったかのように階段をのぼりはじめた。夕暮れは過ぎ、夜は更け、夜明けとなり朝が来た。まだそこにいるだろうと期待していたわけではなかったが、男の姿が見当たらず心がざわついた。ほっとする一方で寂しく、恐ろしさの一方で嬉しかった。一体どうやって、どういうつもりで、今さらなぜ。こんな感情が、女の心を戸惑わせた。それと同時に、心の底に落ちた雫《しずく》がゆっくりにじみ、体中に染みこんでくるような気がした。今までどんな暮らしをしてきたのだろう。土のなかに埋めておいたパイプに亀裂が入りはじめていた。熱湯と蒸気がこの地を濡らし、いつかきっと破裂することだろう。

翌日。テレビでその男を見た。小鼻までめがねをずらしてパズルをしていたヘギョンは、手に持っていたピースを思わずぎゅっと握りしめて立ち上がった。呆然と立ちつくし、ニュースに目を凝らした。赤字のテロップとともにニュース速報で取り上げられているショッキングな事件。警察に両腕をつかまれ、帽子もマスクもせずに無表情で歩いている男。そのまわりで声をあげている人々の恐ろしい顔つき。ミステリーといわれる事件と、見当のつかない殺害動機が何なのか、女にはわかるような気がした。そのとき、唇の間から赤い血が流れはじめた。いつの間にか内頬の肉を嚙んでいたのだった。流れ落ちる血が、あごを伝《つた》ってシャツを濡らすまで気がつかなかった。急いでガーゼを傷口にあてて口を閉じた。女の目は、赤く充血していた。

ヘギョンはいつものように店を開けた。店内はひんやりとしていてうす暗く、紙とトナーのにおいが漂っていた。女は背もたれのない木製の丸椅子に座り、長い間考えこんでいた。客が何人か入ってきたが、電気もつけずプリンターの電源も入っていない様子を見て帰っていった。営業しているのかと問いつめ、大声で責めたててくる客もいたが、女はまるでなにも耳に入っていないかのように視線を落としたままだった。そうして一時間が過ぎた。女はパソコンの電源を入れてワードファイルを開き、急いで一文を打って印刷した。そして、柱にある小さな鏡で自分の顔を念入りにチェックした。瞳を見てから、首を左右に回して耳と頬を確かめた。手の指を丁寧に見てから、口を大きく開けて覗きこんだ。左頬の内側の肉が垂れ下がり、白く変色していた。女は人差し指で塗り薬を取り、傷口にたっぷり塗りこんだ。店を閉めて南京錠をかけ、印刷した用紙を貼った。

臨時休業。

なにが男を刺激したのだろうか。ユンは廊下に立ち、不安げにうろつく男の姿を注視していた。朝食には手もつけなかった。なにかはわからないが、それがシン・ヘギョンと関連していることに違いない。

「どうして食べないんだ？」

男は答えることなく、窓の外に視線を向けていた。ユンは気づかないふりをして、これまで男が何度も断ってきたカウンセリングプログラムを紹介し、再び受講をすすめた。男はなにも聞こえていないかのように、塀に積もった雪が日差しに照らされてまぶしく光る様子を見つめていた。散乱する光、きらめく輝き。ふと、記憶の奥深くに押しこんでいた、かつての家が脳裏に蘇る。適当に塗られたセメントに、割れたガラスが埋めこまれた壁。夕暮れ時に壁が暗くなると、犬があんぐり口を開けているように見えたあの家。男は、記憶をかき消すように、わざと首を横に振った。

「担当官。小さな秘密を守ろうとするのは本能です。だれかがそれを覗きこもうとしたら攻撃するしかない。なぜかって聞きたいんでしょう？　それには答えられません。答えがないんです、本能ですから。意思の問題ではありません。ですから担当官、知りたいのはわかります。好奇心に駆られて、こちらに近づいてくる姿、なかなかいいですね。面白みもありますし。でも、覚悟しなきゃいけませんよ」

男はゆっくり振り向いて、ユンの目を見つめた。

「いいですか」

男と目が合ったユンは、凍りついたように身動きできなくなった。男が顔つきを変えて問いかけた。

「あの女は、今も来るんですか」

思いがけない言葉に戸惑い、ユンはしどろもどろになった。

「ああ、いや、どうだろうな。確認してみなきゃいけないが、来ているらしい」

「じゃあ、面会しましょう。それと……」

男は床に置かれたままの朝食、具体的には練り物とカニカマの炒め物を指さした。

「カニカマは食べたくありません」

男は嫌悪と怒りが入り混じった表情で、唾を吐くように呟いた。

「生臭い」


固いアクリル板の仕切りを隔てて、ヘギョンと四七四番が向かい合っている。ユンは、面会室の外側にある窓から彼らを見守っていた。女はできるだけ仕切り板に近づき、男はできるだけ上半身を後ろにそらして右側を向き、視線を足元に向けていた。立ち上がった女は、男の顔を隅々まで確かめた。それから再び椅子に座って手を組み、しばらくじっとしていた。慎重に言葉を選んでいるようだった。

「どうしていいかわからなくて、ここに来たの」

男は微動だにしなかった。

「元気、だった?」

床に置かれていた視線が、ゆっくりと女のほうへ動いた。女の瞳は落ち着いていて静かだった。しかし、その目は真っ赤に充血していた。煮え立った湯のように、ブクブクと泡を出しながら熱を発していた。

「どうしてそのまま帰ったの？　あの日、来てたでしょう？　外にいたの……あなたよね？」

「ここへ来た理由は？」

男は、机の上に置いていた手を石の塊のように固く握りしめ、ドンと打ちつけた。面会室の刑務官が立ち上がった。ユンは手をあげて、大丈夫だ、もう少しだけ見守ろうと合図を送った。男は息を整えて、押し殺したような声で言った。

「なんで帰ったと思う？」

女はなにも言わなかった。

「会っていたら……すれ違っていたら……きっと殺していた」

男は興奮を抑えられず、激しく息を吐きながら、仕切り板に額を押しつけて呟いた。

「俺のこと見ただろう？　外にいるの見たじゃないか。だけど気づかないふりをした。あのときみたいに、また俺を捨てたんだ」

女は、仕切り板に額を押しあててぐったりとうなだれている、小さくて丸い頭をなでようとした。しかし、固いアクリル板に手が当たるだけだった。女は椅子に座り直してから背筋を伸ばし、落ち着いた声で語りかけた。

「よく聞きなさい。おそらく死刑は執行されない。まじめに過ごしていたら、いつかは仮釈放されるかもしれない。だから」

男が話をさえぎった。

「姉さん」

姉さん、という言葉に、一瞬女の息が止まった。胸に込みあがる熱いものがはち切れるのを必死に抑えようと、拳をぎゅっと握りしめた。

「うん」

「俺が死ぬんじゃないかと心配しているのか？」

「当たり前でしょ、わたしはお前の姉なんだから」

男は立ち上がり、刑務官に面会終了の合図を送った。女は、男の姿が見えなくなるまで手を振っていた。姉だと？　左足を少し引きずりながら面会室を出て行く女の姿と、いつもと違って足音を立てて歩いていく男の姿を、ユンは交互に見つめていた。


女は重い足取りで刑務所を出た。しばらく歩いてから、呆然と立ちつくしてあたりを見回した。古びた家と昔ながらの商店が、冷たい風に吹かれて寂しげに立ち並んでいた。葉が落ちた木々は、風が吹いても揺れる気配すらしなかった。凍てつく寒さのなか、身をかがめてバス停の橙色の椅子に座り、全身で冷気を感じた。意識は朦朧としていたが、このときだけは眩暈はしなかった。

5

「わたしは痛みを感じません」

口のなかの傷に薬を塗っていた男が、扉の前に立っていたユンに告げた。ユンは、真意を探るような目で男を見つめていた。男は首を左右に回し、手の指を大きく開いて、指と指の間をチェックした。

「言った通りですよ。遺伝子の突然変異で、痛みを脳に伝える神経線維が発達しなかったことで発症する病気なんです。先天性無痛覚症ともいうそうですが、正確な病名はわかりません。珍しい病気ですし、担当官も今後二度と耳にすることはないでしょうけど」

何と答えるべきか思いあぐねていると、男が柔らかい笑みを浮かべた。

「薬を何度もせがまれて、苛立っているようだったのでお話ししたんです」

「苛立ってなんかいない。それにしても不思議だな。そんな病気、初めて聞いた。それは、病気なのか。でも、かえって楽なんじゃないか。痛みを感じないわけだから、鎮痛剤を飲みつづけているようなもんじゃないか」

「そう思いますか」

男はしばらく口をつぐみ、窓の外に目を向けた。午前中から黒雲が垂れこめて空はうす暗かったが、一時間前から雪が降りはじめていた。

「わたしは裸足《はだし》で雪の上に立っていられます。もちろん、火のなかを歩くことだってできる。何気なく嚙んでいて、口から取り出してみると頰の肉や舌だったこともあるんです。腕の骨が折れても、骨が筋肉に突き刺さっていても気がつきません。眩暈がするまでは、どんなに流血していても気づかないんです。良いことといえば怖いものがないこと、悪いのは眠っているうちにいつの間にか死んでしまうかもしれないということです。だから、幼いころから姉には、常に体をチェックするよう習慣づけられました。裸で鏡の前に立って体の隅々まで確認し、口を開けて傷がないかどうか確かめる。体が熱くなったり急に汗が出ると、なにかに感染しているという証拠です。痛みを感じないまま生死の境をさまよったことだって何度もあります。体のだるさや具合の悪さを感じたことは一度もありません。心配していたり、腹を立てている姉の顔を見て、自分の体になにか異変があったことに気づくのです。姉も同じ病気で、わたしたちはまるで鏡のように互いの体をチェックし合い、薬を塗り、絆創膏を貼りました」

話しているときの男は、幸せそうだった。気恥ずかしそうな少年のように顔を赤らめて、どこか美しく見えた。

「以前、家族がいるのかと訊きましたよね。実は、姉が一人いるんです」

男は口をつぐみ、暗い眼差しで壁をじっと見つめていた。あごが小刻みに震えていた。

「でも、家族がいないというのは嘘じゃありません。姉がわたしを捨てたんですから。担当官は、わたしが罪人だと言いました。人を殺したのだから悪いのだと。わかっています、それが悪いということは。でも、わたしが人を殺したことより、姉が弟を恐れることのほうが、はるかに悪いと思うのです」

男は唇をきつく結んだ。あまりに力が強かったせいで唇の色は白くなり、その瞬間口から血が流れはじめた。ユンは慌ててティッシュを数枚取り、男の口元にあてた。

「弟に恐怖心を抱くとは、どういうことでしょうか。愛する人の目に恐ろしさや怯えの色がよぎると、自分が怪物のように思えてきます。存在してはならないような、これ以上ないほど惨めな気持ちになるんです」

「この間、面会に来た人が……」

「いいえ」

男の顔は、見る間に青ざめていった。

「姉は、死にました」

「何だと？　参加すると言ったのか」

これまで矯正プログラムに後ろ向きだった四七四番が、心理治療と相談治療を受けると言った旨を伝えると、所長は明るく喜んだ。マスコミの関心や政治界からの圧力で、頭を悩ませていたところだった。大きな殺人事件が起こるたびに話題にのぼる死刑執行への賛否が巻き起こるなか、罪人を収容している刑務所の立場は困難極まりなかった。しかし、受刑者が罪を認めて矯正への意思を積極的に示せば、刑務所側としても大義名分が生まれる。所長は手の平で腹を叩いた。

「あの野郎。突っ張っていたけど、やっぱり死にたくないってわけか。ユン、よくやったな。この際、あの鼻っ柱をへし折ってやろうじゃないか。パクは、精神治療の専門家を調べてくれ」

パク刑務官は、待っていましたとばかりに答えた。

「アン・ウンソク牧師はどうでしょう。ほかの宗教家なら拒むかもしれませんが、彼なら四七四番も心を開いて、素直に従うんじゃないでしょうか。えっと……なんというか、似たような経験をした者同士の連帯感みたいなものもあるでしょうし」

チェ刑務官は眉をひそめた。

「いや、アンでは務まりませんよ。世間から注目されている分、ちゃんとした専門家を呼ぶべきです。あんないい加減な牧師は、もっと小さな案件を担当すべきでしょう。パク刑務官の意向はわかりますが、今回の場合は適切ではありません」

ユンは腕を組んで、先輩たちの話を聞いていた。アンは、パクのブログによく出てくる人物だ。彼は、暴力や飲酒で何度も警察に出入りした後、隣人を刺した衝動で妻の首を絞めて殺害し、懲役十二年の刑を受けた。刑務所で信仰を持つようになると回心し、出所後に牧師の按手《あんしゅ》まで受けたという、彼こそ矯正プログラムの生き証人と言えるだろう。その上、牧師になってからは定期的に刑務所を訪問して受刑者の話を聞き、新しい人生を切り開けるようサポートするという、まさしく罪を悔い改めた典型的なモデルである。パクは、自分の信念と通ずるアンのことをブログで何度も紹介し、メディアのインタビューでもよく言及していた。アンが適任かどうかという議論を聞きながらも、ユンの心は四七四番の真意を測《はか》ることに気を取られていた。本心は何なのか。姉という人物に会って、生きる意欲が生まれたとでもいうのか。チェとパクの口論を退屈そうに眺めていた所長が、椅子を引いて立ち上がった。

「アン牧師でいいじゃないか。うまく言いくるめて洗礼でも受けさせろ。死ぬまで聖書の書き写しでもしていればいいんだ」

四七四番と対面したアン牧師は、固く握手を交わしてその手を大きく振った。さらに、椅子に座ろうとした男の肩を摑んで、力いっぱい抱きしめた。男は、捉えどころのない妙な表情を浮かべながら、無言で牧師に従っていた。やせ細ったアンは、サイズの合わない大きな紺色のスーツに真っ赤なネクタイを締めていた。彼の声は高く、早口だった。語尾にはいつも「……したでしょうか、しなかったでしょうか」と返事を求めるような話法を使った。「イエス様はあなたを愛しているでしょうか、愛していないでしょうか」、「もし今晩死ぬとしたら、あなたは天国に行けるでしょうか、行けないでしょうか」という具合だ。その上、事あるごとに手を伸ばして、男の手を握ろうとした。男は静かに最後まで話を聞き、ときおり短く返事をすることもあったが、アンの手を取ることはなかった。二人の様子を見守っていたユンは、アンの話し方にいらだちを覚え、顔をしかめた。一方、パクはアンが話すたびに、うん、うんと相づちを打ち、げんなりするような冗談にも手を叩きながら笑い声をあげた。男はパクの左頰をじっと見つめていた。視線を感じたパクは、頰にできた赤いできもの《サマグィ》を指で触った。

「これか？　できものだよ」

それから、両腕をカマキリ《サマグィ》〔カマキリとできものはどちらも韓国語でサマグィという〕の前足のように広げてから男の目の前まで近づき、ガオと唸り声をあげると、男の肩を軽く叩いた。

「冗談だよ、冗談」

男はクスリともせず、言い返すこともなかった。面談が順調に進んでいると思いこんだアンは、刑務所にいたころの経験談や、受刑者の間で起こった大小さまざまな出来事について、とりとめもなくまくし立てた。そして、過去の人生を反省し悔い改めることで得た喜びについて、感極まったような口調で語りはじめた。男は、机の角を指でなぞっていた。捕まえたカブトムシの頭と背をなでるように、優しく丁寧に。

「イエス様は、決して過ちをおかすことはありません。イエス様は偉大で、わたしたちのように取るに足りない者たちの髪の毛の本数までご存じなのですから」

「本当にそうでしょうか」

黙ってアン牧師の話を聞いていた男が、抑揚のない声で反論した。

「そうは思えませんか」

「神は人間を作った、そうでしょう?」

「はい、そうです」

「ユダという人物も、神が作ったんですよね」

「その通りです」

「けれどもユダにはこう言いました。『お前は生まれてこなければよかったのに』と。創造者が被造物に対してそんなことを言っていいのでしょうか。なにか問題があるのなら、それは創造者の責任ではないのでしょうか」

「その解釈は間違いです。ユダはイエス様を裏切りました。一番のサタンなのです」

「そうでしょうか。わたしにはちょっと理解できませんね」

アンは、ハハハと笑いながら、男の肩をいたずらっぽくトントンと叩いた。

「君、聖書を読んだことがあるんだな。でも、そんなふうに読んでしまったら、サタンの悪だくみにはまってしまうんだよ。だから、わたしたちは常に目覚め、祈りつづけなければならない」

「そうでしょうか」

男は頬杖をついて呟いた。

「祈り。わたしも祈ったことがあります。でもなぜでしょう。なぜ神はいつも黙っているのですか。どうしてわたしだけが語りかけなければならないんでしょうか」

「イエス様のお言葉は、そうやって聞くものじゃないんだ」

「じゃあ、どうやって?」

「祈りをささげて……」

そう言っておいて自分でもきまりが悪かったのか、アンは苦笑いした。男もつられて笑った。ユンは、男が笑うのを初めて見た。左頬にえくぼができて、そのうち消えた。その姿はまったく別人のようだった。そして柔らかい声で告げた。

「あの、懺悔したいことがあるんです。でも、牧師さんだけに話したいのですが」

アンは、少しだけ席を外してほしいとユンに伝えた。


「それはできません」

ユンは許可しなかった。アン牧師は、心を開き、悔い改めようとする子羊の願いを聞いてやりたかった。罪人の懺悔は、いつのときも劇的でドラマチックであり、一度その告白を聞くと、どうしても抜け出すことのできない魅力があった。自分が他者の罪を洗い流せる敬虔な能力でも身につけたかのような、神聖な甘美が感じられるからだ。アンは、受刑者の人権や宗教の自由云々《うんぬん》と言い立てながら、ユンを説得した。

「ここから完全に出てくれという意味じゃなくて、そのドアの外側まで出てくれたらいいんですよ。窓から見張っていたらいいじゃないですか」

許可していいのかと訊ねるユンの視線をパクは無視した。パクはユンの腕を摑んで相談室から連れ出し、耳元でささやいた。

「罪人が牧師さんに話したいことがあるそうじゃないか。おい、うまくやろう。楽に行こうぜ」

パクが電話を受けに相談室を空けていた間、ユンは窓ごしに二人の様子を見守っていた。椅子から立ち上がらないこと。一切の身体的接触を行なわないこと。そして、ボールペンや鉛筆のような筆記用具を与えないことを約束した。意外にも、二人の会話は五分あまりで終わった。男は、机に前かがみになって話しはじめた。耳を傾けていたアンの表情は、どこかおかしかった。最初は頷きながら満足げに聞いているようだったが、そのうち顔から笑みが消えた。驚いているようでもあったし、呆れているようでもあった。印象的だったのは、アンの態度の変化だった。丸く曲がっていた背中はまっすぐに伸び、机に置かれていた二つの手は膝の上へと移った。アンは手をぐっと握りしめ、ちらりと窓のほうに目を向けてユンを探した。そしてすぐに向き直ると、再び男を見つめた。それがすべてだった。男は何事もなかったように独房へ戻り、アンは廊下に立ちつくしたまま、その後ろ姿をぼんやり見つめていた。ユンはなにか嫌な予感がした。

「なにを話していたんですか」

アンは黙ったまま、ひたすら歩いた。目線は前を見据えていたが、表情は曇り、瞳は震えていて、どこか不安げだった。ユンは、アンの手首を掴んで歩みを止めた。

「なにを話したのかって訊いているんです」

「伝えてくれと、言われました」

ユンは、問いただすような目でアンを見た。彼はユンの視線を避け、手首を震わせていた。ユンは彼が恐怖に駆られていることに気がついた。

「死刑を執行してほしいそうです」

耳に入ってきた言葉より、その言葉を発するアンの態度に言葉を失った。彼自身も過去に凶悪な罪を犯し、これまで数えきれないほど多くの受刑者と接してきたはずなのに、これほどまで怖がる理由が理解できなかったからだ。アンは、壁に手をついてもたれかかった。ユンはわけがわからなかったが、よくないことが起きたことだけは読み取れた。

「アンさん。落ち着いて、四七四番に言われたことをそのまま教えてください」

アンの唇が不自然に動いた。

「――伝えるんだ。死刑を執行しろと。執行しなければ、刑務所にいる受刑者と刑務官を皆殺しにする――」

「どうしてもっと早くわたしに伝えなかったんですか」

「伝えようとしましたよ。でも、ユン刑務官のほうに目を向けたとき、こう言われたんだ。――おい、よそ見しないでこっちを見てろ。俺がお前だったら、言われた通りにするだろうな。伝えなかったら、必ずお前を、間違いなく、殺してやる。刑務所にいるから大丈夫だろうなんて思うなよ。この目でお前を見て、お前の名前も知っている。信じられないなら試してみるといい――と」

青ざめた顔で、なにかに取りつかれたように、四七四番の冷淡な低い声をまねる姿は異様だった。ユンは、アンの顔を両手で掴み、無理やり視線を合わせて安心させた。

「落ち着いてください。この件については検討しなきゃいけないので、今聞いたことは口外しないでください。いいですか」

「俺を殺すと言ったんだぞ！」

「アン牧師！　四七四番は刑務所にいるんです。こんな奴に会ったのは一度や二度じゃないでしょう。強がっているだけですから」

「俺を殺すなんて言った奴は、これまで一人もいなかったんだ。本当に殺されそうな気になったのも、これが初めてなんだよ」

アンは、体を大きく震わせながら首を左右に振った。

「ニュースを見たよ。どこかの大きな組織のメンバーだといううわさもあるし、共犯がいるって話もある。奴は、俺の名前を知っていると言ったんだ。俺を殺すと」

ユンは、しどろもどろに話すアンを椅子に座らせた。コーヒーを持たせて、ショックを受けた子どもをなだめるように肩をさすってやった。コーヒーを二口飲んだアンは紙コップを床に置き、両手で聖書を握りしめた。

「殺し屋だったと。仕事を終えるたびに缶コーラを飲んだそうだ。その記念に缶のプルタブを集めていたら、ガラス瓶がいっぱいになったと言っていた。もうコーラを飲むことがなければいいと」

ユンは、パニックに陥ったアンをどうにかなだめた。対策を立てるため、当分の間は四七四番に言われたことを外部に漏らさないと約束させた。わかったと頷きながらも、アンはずっと呟いていた。

「あの目を見ていないから、そんなことが言えるんだ。あんな気分、今まで感じたことがない。あいつの目が、俺の顔に穴を空けているような気がしたんだから。本当に、あいつは……」

アンはうなだれたまま廊下を歩いた。パク刑務官から、終わったらコーヒーでも飲もうと誘われていたことも忘れ、なにかに押されるように刑務所を後にした。


ユンはこのことをすぐさまチェに伝えた。工場で作った便せんの状態をチェックしていた彼は、その手を止めて工場を出た。風は冷たく、氷雨が降りはじめていた。チェは、ポケットから手袋を取り出して両手にはめた。話を聞いて驚いたようだったが、態度は落ち着いていた。発言だけを見れば威嚇的で危険なようでもあるが、あくまでも相談中に出てきた言葉であり、脅迫とも受け取れるものの、過去を告白するうちに感情が高ぶったのかもしれない、と分析した。そして少し沈黙してから、笑顔を見せた。

「忘れたのか。刑務官が肝に銘じなきゃならない心得があったじゃないか。受刑者はみな嘘をつく。いいことも、悪いことも。絶対に嘘じゃありません、と言われても本心だと信じちゃいけない。正直に言います、ってときは絶対に正直じゃない。ホラに決まっているんだ」

「死刑執行を望む理由はなんでしょうか」

チェは腕を組んだ。死刑囚は、刑務所でも特殊な存在だ。未決でもなく既決でもない、あいまいな立場に置かれている。刑は確定したが、執行されていない状態。そのため、死刑囚本人も刑務所側も、核心的な問題と恐怖から目をそむけて知らぬふりをしたまま過ごしているのだ。けれども、死刑囚が刑を速やかに執行してほしいと要求してきた場合、無視や知らぬふりができなくなる。元来、法律では、死刑の確定から六か月以内に大臣が執行命令を下すことになっているが、事実上、司法体系全体が法にそむいている状態なのだ。しばらく考えこんでいたチェは、深く息を吐き、ポケットからたばこを取り出して口にくわえた。ユンはライターに火をつけて、口元に近づけた。風が吹いてうまく火がつかず、何度もライターを鳴らした。

「死にたいんだろう。深く考えるな。問題は……それが世間に知られるとややこしくなるってことだ。ただでさえ死刑執行に対する世論の圧力に押されているというのに、死刑囚自ら死刑を望んでしまうと、大義名分がかすんでしまうからな」

「ほかの死刑囚にとっても問題になりかねませんし」

「ああ、いろいろ面倒なことになるだろうな。執行するとなれば、順序や時期、公平性まで問題になる」

「会議で話すべきでしょうか」

「しばらく様子を見てみよう。軽く話しただけだとしたら、あえてこっちが事を大きくする必要などないからな」

「アンはどうしましょう？　このことをだれかに話してしまうと、大きな騒ぎになりかねませんが」

「あいつにそこまでの度胸はないだろう。後でパク刑務官にうまく言い聞かせるように伝えれば問題ないはずだ。所長の耳にでも入れれば、面倒なことになる。あまり気にするな。おそらく奴の言葉は、俺たちに向けたものだろうから」

ユンは、合点がいかない表情でチェを見つめた。チェはたばこを深く吸いこみ、長く吐いた。

「――面倒だ。放っておいてくれ――」

6

何時だろうか。瞼を開き、そしてまた閉じる。感覚を研ぎ澄まして記憶をたどっても、掴めない時間。横になったまま、瞼に指をあててみる。瞼を押し上げる瞳の動きが指に伝わる。心が落ち着かず憂うつになったとき、こうすればいつも心が静まった。しかし、今日は効き目がない。四七四番は立ち上がり、小さな窓から外を眺めた。街灯のかすかな黄色い光が、窓から射しこんでくるようだ。ふと一瞬、暖かみを感じたような気がしたが、すぐに現実に引き戻される。男は、闇に沈んだ部屋をぼんやり眺めた。夢を見た。つらかった。悲しい物語で、登場人物はみな悲惨だった。でも、どんな夢だったのかはっきり思い出せない。すべてが散り散りになって蒸発し、悲しみという感情だけが残り香のように漂っていた。氷の浮いた海。波打つたびにぶつかり合う、固く尖った氷の塊。そのなかを突き抜けて泳いだ冬の記憶。頭を動かすと、氷水が口や耳の穴へ激しく入ってきそうだった。「氷男！　氷男！」　歓声をあげていた人々。喝采が遠ざかり、何一つ聞こえなくなった渺渺《びょうびょう》たる冷たい海原。心のなかで一秒、二秒、三秒と、時間を数えてみる。このまま遠い海の果てまで泳ぎつき、感覚を失ってゆっくり海中へ沈み、永遠に朽ちることのない氷になってもいいと誘ってくる、もう一人の自分の声。けれども同時に、それを打ち消す、さらに大きな別の声が聞こえる。波を飲みこむ、ひときわ大きな波のような声。

ぼたん雪がやんだ夕暮れ。きれいに洗われたように澄みわたった群青色の空に、星が瞬《またた》いていた。姉は俺を縁側に座らせ、星座を教えてくれた。

「天の川の真ん中に見えるあの星々、あれが射手座よ。上半身は人間で、下半身は馬。逞《たくま》しくてとても賢かった彼は、弓の名手だったの。変わった風貌のせいで遠目には獣のようだったけど、近くで見ると美しい人間そのものだった。だから、恐れられていたけれど、愛されてもいたの。強くて美しく、決して死ぬことはないという偉大な運命のもとに生まれてきたけれど、心はとても寂しかった。いつもみんなと離れて、たった一人でいなきゃいけなかったから。お前も同じ。あの星のように、射手座の定めのもと、ぼたん雪の舞う真冬に生まれたの。だからほかの人とは離れて暮らさなきゃいけない。でもこれだけは忘れないで。お前ほど美しい人はいない。お前ほど強い人はいないのよ」

小さな体が、もつれた髪を手ではらい、おもむろに起き上がろうとしている。灰をかぶったように真っ黒で、弱々しくておとなしい子。指で突けば埃のように消えてしまいそうな、かろうじてこの世に存在している少年。床にしゃがみこんだ男は、十五歳の自分を見つめていた。空の色が深まり、稜線の向こうに浮かぶ星が鮮やかな光を放つとき、萎《しお》れた草で覆われた野原から鳥たちが森へ飛び立つとき、風が吹くとき、風に乗って運ばれてきた香りが冷気ですべて氷結し、空気がからっぽになるとき、そのとき少年は家を出る。名もない小川を過ぎ、だれもいない空き家を過ぎ、真っ黒い喉のような廃坑を過ぎ、大きな岩の上に立った。はるか遠くに見える小さな町。灰色がかった二本の煙が立ちのぼる染色工場。風が吹くと、吐き気がするような油のにおいを吹き出すあの工場のどこかで姉が働いている。少年は岩に腰かけ、薄いかけ布団を肩に巻いて姉を待った。どれほど時間が経っても、少年はあくび一つせず待ちつづける。あたりが暗くなったころ、遠くから小さな点のような形で姿を見せる姉。彼女の手をとり、カニカマを口にくわえ、舐めたり噛んだりしながらずっと口に含んでいた。柔らかくて少し生臭い、大好きな味。少年は、それが愛だと信じていた。

体中を丁寧にチェックして、耳、鼻、目、指、そして口のなかまで念入りに確かめる手の動きと眼差し。それが終わると、にっこり笑って頭をなでてくれる小さな手。今、少年は影となり、寂しく横たわっている。死体のごとくうつ伏せになった小さな体は、ピクリともしない。床にまき散らされたバケツの水のように床に染みこみ、少しずつ消えていく少年時代。男は怒りに囚《とら》われた目で、食い入るように床を睨んでいる。

「姉さん、いつも同じ記憶が浮かぶんだ。俺の力じゃ止められない。どうすればいいのだろう。いつも悲しくなって、最後には怒りが込みあげる。生々しい憎しみが、心臓みたいに激しく駆けまわるんだ」

最後の姉の表情。あれはなにを意味していたのだろう。あの日から今この瞬間まで、幾度となく考えたよ。いつもと変わりない平凡な冬の朝。俺は手を振り、姉は微笑んだ。姉が普段とどこか違うことには気づいていたんだ。一度も食べたことのなかった料理を作ってくれたし、何度も聞かされた話を繰り返していたから。

「目を見るの。傷ついてないか、充血していないかどうか。指と指の間も忘れないで。着替えるとき、あざがないかどうか確かめて、鏡で後ろ姿もチェックしてね。ときどき唾を吐いて、血が出ないかどうか確認して。冷水と熱いお湯はできるだけ避けるようにするの。触れてもいけないし、飲んでもだめ。いつもぬるま湯を飲むようにしなさい。そして感覚に興味を持つこと。自分が感じたことを信じるの。これが緊張で、これが不安なんだってね。妙な胸騒ぎがしたら、そのまま放っておいてはだめよ」

幼いころから聞かされてきたこと。呪文のように暗記していたその言葉を「じゃあね」と言った後に突然話しはじめたのはなぜだったのか。妙だった。教えられた通り、感じたことをそのままにはしておかなかったよ。不安、そして恐怖。ひょっとして姉が帰ってこないかもしれないと思うと、吐き気が込みあげてきたんだ。その感覚は間違っていなかった。姉は帰ってこなかったから。カニカマは偽物だから本物を食べてみて、と茹でてくれた真っ赤なカニ。そのカニを見つめていた俺の気持ちが、姉にわかるだろうか。

男は床に座り、膝を抱えて呟いた。

「わかるに決まってる。わかっているのに出ていったんだ」

鉄格子のすき間から、かすかな光と冷たい廊下が見える。しかし、男の目には何一つ映らなかった。すっかり過去にさかのぼり、少年の面持ち、少年の心、そして少年の恐れと震えで、姉が消えていった道をまっすぐ見つめていた。暗い夜よりもなお暗然とそびえ立つ、鋭く尖った山。おぞましくて不吉なカニのにおい。目を閉じて、姉の最後の表情をなんとか思い出そうとした。水中に沈んだ黒い小石のような二つの瞳、固く結ばれた唇。かすかに刻まれた左頬のえくぼ。夜空を飛ぶ鳥、吠えたける名も知らぬ動物たち、朝日に染まる稜線、死んだように静まり返った家。翌朝を迎え、朝日を目にしたとき、姉が出ていったことを悟った。今この瞬間も……あのときの朝、昼、夜、夜明け、太陽、雲、音、風、暗闇、寂寞、寒さを思うと、指先が震え、歯がガチガチと音を立てて震える。時間は一日単位で過ぎることはなく、待つことと寂しさで流れていった。ある日、灰色になったカニの甲羅が、雪のような真っ白い霜で覆われていた。そのとき、ようやく受け入れた。捨てられたということを。

7

刑務官たちは、テレビを呆然と見つめていた。困惑した面持ちとばつの悪い表情で互いの顔色をうかがうだけで、言葉を発する者は誰一人いなかった。ユンはうつむき、半ば横たわるように椅子に座っていたパクはふいに起き上がり、急いでだれかにメッセージを送った。チェは冷静にニュースを注視しながら、インタビューを受けるアン牧師の言葉を書きとめた。だれかがドアを足で蹴って、統制室に入ってきた。所長だった。

「どうしてあいつがニュースに出ているんだ」

アン・ウンソクが記者の前に立ち、二つ折りにした紙を広げて読みあげていた。

「わたしは、刑務所の矯正心理治療センターで心理治療ボランティアをしている、牧師のアン・ウンソクです。数日悩んだ末、この場に立つことにしました。受刑者の矯正に誠実に取り組み、昼夜ご苦労されている刑務官のみなさんのことが心配で、夜も眠れなかったからです。最近、ボランティア活動をしている刑務所で四七四番と面談中、衝撃的な話を聞きました。マスコミに伝えたいメッセージがあり、それを伝えなければ放ってはおかないと脅迫されました。正確には、彼はこう言いました。──死刑を執行しろ。さもなければ、刑務官と受刑者を皆殺しにする──と」


最悪だ。

足早に四七四番の独房へ向かう所長を追いかけながら、ユンは奥歯をぐっと噛みしめた。相談室で二人だけにしてはならなかった。恐怖に駆られて怖じ気づいた牧師の約束を信じるべきではなかった。ユンは、いつも大事な局面で適切な判断ができない自分への憤りと後悔で、取り乱していた。パクは連絡がつかないアンに電話をかけつづけ、チェはそんなパクを咎めるように睨みつけた。四七四番は、壁に体を寄せ、背中を丸めるように眠っていた。所長が足で扉を蹴った。ドンという音が廊下に響いたが、男は目を開かなかった。寝返りさえも打たなかった。扉が開いて数人の刑務官がなかに入った。だれかが入ってきたことに気づいた男は、ようやくうす目を開けてあたりを見回し、ゆっくりと起き上がった。所長は扉の外側に立ち、一度に十二人を手にかけた殺人犯を注意深く見つめていた。立て、と命じられた男はその場に立ち上がり、一歩ずつ歩いて刑務官の前で足を止めた。狭い独房のなかで、刑務官が男を取り囲むような形になった。男は緊張していなかった。落ち着いた態度で、刑務官一人ひとりと目を合わせた。相手を委縮させる眼差し。俺はお前らを無視している、というメッセージを露骨に示した目は敵意に満ちていて、かすかな微笑を浮かべた表情には余裕すら見えた。パクが一歩後ずさりしながら訊いた。

「アン牧師に言った言葉は事実ですか。本当にあんなことを言ったんですか」

男は、「さあ」と呟いて耳を触った。

「いろいろ話したんですが……何のことでしょうか」

「刑務官と受刑者を殺す、と」

「いいえ」

男は、疲れたように目をこすった。

「死刑を執行してほしいと言いました。殺す、と言ったのはその後です」

目を丸くしたパクは口ごもり、なにも言い返せなかった。それとなく、だが実は無礼にふるまう死刑囚の顔は、これまでユンが見てきたそれとは違っていた。まるで別人のようだった。隠された内面を探る隙が、まったくなかった。分厚いカーテンがひかれたその瞳と表情には、感情などなかった。彼は冷淡にこう告げているようだった。

――知りたいんでしょう? 近くに来たら、お話ししますよ――

ユンは、男が危険人物であること、そして人殺しだということを改めて認識した。黙って扉に寄りかかり、たばこを吸いながら様子を見ていた所長がなかに入ってきた。「狭いから廊下に出ているように」と刑務官に指示した。四七四番と独房に残った所長の姿を、ユンは心配そうに見つめていた。チェが唇に指をあてて、静かに見守るようサインをした。そして小声でささやいた。

「心配するな。ああ見えても、長年苦労を重ねて、あそこまで上りつめた人なんだから」

所長は後ろで手を組み、しばらく無言でぐるぐる歩きまわった。壁に手をついて「ここでの生活に不便はないか」と訊き、枕を指先で軽く突いて「ちゃんと食事はとっているのか」と訊き、替えの囚人服を足で蹴って「なにか必要なものはないか」と訊いた。男は、瞳を動かすだけで返事をしなかった。所長は、大きく膨らんだ腹をなでながら切り出した。

「で、四七四番さん。我々を皆殺しにする、と言ったそうだな」

「……」

所長は、男の両胸にある赤い名札を指で一回ずつ強く突き、冷やかすように言った。

「どうやって？」

「丁寧な言葉で話してください」

「丁寧だと？」

所長は呆れたように笑って見せたが、すっと真顔に戻った。

「丁寧ってのはな、まともに生きている人間に対して使うものなんだ。人殺しが要求するなど、とんでもないと思わないかい。刑務官を殺すと脅したそうじゃないか。それで丁寧だとは冗談じゃない」

「『まとも』の意味がわかっているような口ぶりですね」

「まともだと？　ああ、もちろん。意味も定義もちゃんとわかっているとも。お前は、まともじゃない。一つだけ訊こう。おとなしく黙っていても死ぬっていうのに、早く死なせてくれと悪態をついているのは一体なぜだ」

「なぜ知りたいのですか」

「ああ、いらつく野郎だ。そうやっていちいちケチをつけるつもりか。じゃあ、俺が知りたい理由を、なんでお前は知りたいんだ？」

所長の肩を睨んでいた男は、ゆっくり視線を上げて目を見つめた。

「きっと理解できないでしょうね」

「理解できるように話してみろ」

「嫌です。あなたにはわかりません」

男はきっぱりと言いきった。そして、それ以上話すつもりはないという表情で唇を固く結んだ。

所長は、両手で腹をなでながら長く息を吐いた。

「このサイコ野郎が」

そう言い放ち、男の額に人差し指を押しあてて強く突いた。

「早く死にたいんだろう？　心配する必要などない。死刑になるか、ここで年老いて死ぬか、どっちにしろお前は死ぬんだよ。最近は映画の見すぎで刑務所を甘く見てる奴が多いようだが、お前はしくじったな。いいか。惨めに、苦しく、乞食のように生きて、そのうち犬のように這いつくばる。それがお前の運命なんだ」

「わかりました」

一呼吸おいて、男は話をつづけた。

「でも、脅すときは気をつけたほうがいいですよ。普段だったら気にとめないのですが、わたしだって理性的な判断ができなくなるときがあります。そのときは、思うままに、できる限りのことをするつもりです。そのとき、あなたは死ぬ。今は待つことにしましょう。でも、長く待つつもりはありませんから」

刑務官がテーブルに集まった。別棟の刑務官も招集されるほどの大きな会議が開かれた。所長は、これ以上電話を取れないほどのひどいノイローゼに苦しんでいた。捜査機関や法曹界、さらには政府の役人からも電話がかかってきた。何事もない、心配には及ばない、完全にコントロールしている、という言葉を百回以上も繰り返さなければならなかった。チェとパクには記者やテレビ局関係者から連絡が入り、いくつかの人権団体は、四七四番の今の身体状態と、刑務所で起こっていたかもしれない暴力行為について詰問《きつもん》してきた。一方、受刑者はうろたえた。運動時間に散歩中の四七四番に大声でけんかを売ってきた。執行まで待たずに自分の手で殺してやると脅したり、その反対に、そうやって簡単に人を殺すのなら自分も殺してみろ、とからかってくる輩もいた。刑務所の前では死刑執行を訴えるデモが起こり、一方では小規模だが死刑廃止のデモも行なわれた。刑務所の立場としては、この問題は四七四番の生死だけに関連した事案ではなかった。死刑が確定した死刑囚がいる。彼らの罪は、死刑に値するという判決が下されており、客観的な観点から見ると彼らの罪質に差異はない。つまり、四七四番の死刑を執行すれば、死刑廃止国家という潜在的な位相を崩す象徴的な事件になるため、当然、ほかの死刑囚にも影響を与えることになる。受刑者の所持品担当をしているチョン刑務官が口を開いた。

「刑が執行されたら、ほかの死刑囚の刑もすべて執行されるんでしょうか。確定された順に行なわれるんですか。それとも、四七四番だけ単独で執行されるということでしょうか」

刑が五年間未執行中の死刑囚を担当しているハン刑務官が答えた。

「法務大臣の決定次第でしょうね。しかし、今メディアで問題になっているのは四七四番なので、ほかの死刑囚の刑については一旦保留になるんじゃないでしょうか。もしそうでなければ、それもまた不合理ですから。わたしが今担当している四一六番の場合、半《なか》ば気が狂った状態で、毎晩扉を叩いて激しい不安症状を見せています。何であれ早く結論が出ないと、こっちが先に頭がおかしくなってしまいますよ。ユさんはどう思いますか」

ポケットに手を入れたまま黙って話を聞いていたユ刑務官は、深いため息をついた。彼は、ここにいる刑務官のなかで勤務期間が最も長く、死刑執行を経験したことのある人物だった。

「公文書が通達されるだろうな。四七四番は一般的な死刑囚とは違う。控訴もしないし、支援団体もない。家族だっていないじゃないか。世論も圧倒的に死刑を望んでいるしな。あいつは何ていうか……自殺するためにここに来たんじゃないだろうか。本人も死刑を望んでいるし、死にたくてたまらない奴ってことだ。死刑のジレンマは、万一起こりうる誤判と、罪を悔いて新たな人生を希望する者の人権に集中しているんだが、あいつの場合、そのどちらにも当てはまらない。刑の執行を遅らせる根拠がないってことだ。お前はどう思う？」

ユ刑務官の問いかけに、刑務官たちの視線が一斉にユンに注がれた。ユンは、しばらく四七四番の顔を思い浮かべてから言った。

「死ぬでしょう。結局は執行されるでしょうね。でも、どこかおかしくないでしょうか。死ぬためにここに来た者を死刑にするって……。いや、それしか方法はないんでしょうけど、虚しいというか。皮肉にも、わたしたちが殺人犯の要求を聞いてやっているような気がするんです、まるで共犯のように。罪を犯した者に然るべき罰を執行するのが、法と刑務所の存在意義なんでしょうけど、四七四番の場合、結局こっちが奴の望みどおりになるよう手助けする形になってしまう。どこか騙されているような気がしてならないんです」

共犯、という言葉に、刑務官たちはしばらく押し黙っていた。携帯電話で記事をチェックしていたパクが、電話を机に置いて、沈黙を破った。

「今メディアでは、死刑を執行させようという意見が圧倒的です。大半の宗教界や人権団体でさえ立場を表明していません。このままでは、矯正と教化という基本原理すら崩れてしまうでしょう。でも考えてみてください。そうなってしまったら、今後どのように刑務所のプログラムを行なっていくんでしょうか。怖気《おじけ》づいた受刑者は、規律に従わなくなってしまいます」

チェも、いつになくパクの意見に賛同した。

「その通りです。死刑が執行されれば、刑務所の士気だけでなく基本的な矯正システムまで修正することになる。早くも、ノート制作工場の生産率が著しく落ちています。受刑者たちは怯えているんです」

「笑わせるな」

そのとき、所長が口を開いた。

「諸々の状況は置いておいて、四七四番だけはけりをつけなきゃならん。いつまでこんな無駄な電話に苦しめられなきゃならんのだ。小難しいことなどなにもない。実に単純じゃないか。あいつは死刑にならなきゃならん奴だ。その上、本人が死にたいとわめいていやがる。俺は単純な人間だ。雨が降れば傘を差し、腹が減れば飯を食えばいい。物事には原因があり、それに沿った結果がある。それが理屈にかなうからだ。理屈にかなうってのが重要なんだよ。あいつのしでかしたことを考えてみろ。それで判断すればいいんだ。それなら説明も容易《たやす》いもんだ。監禁して懲罰房に送れ。刑務所にもう一つ別の刑務所があることを知らしめてやるんだ。あいつの望みはすべて制限しろ。医療棟のカンから聞いたが、あいつは自分の体に関しては相当気を使っているそうじゃないか。本当に呆れた野郎だ。絆創膏一枚だってやるんじゃないぞ。どうせもうすぐあの世に行くんだ。それまで閉じこめておけばいい」

机の上の電話が震えた。発信者を見た所長は、悪態をつきながら顔をしかめた。

「あの頭のいかれた野郎のせいで、ややこしいことになっちまった。こんなの、映画の世界だけの話じゃないのかよ。ついてねえな、くそったれ！」

所長は電話を耳にあて、急いで出ていった。刑務官が一人二人とその場を後にしたが、ユンはじっと座っていた。今抱いている何とも言えない感情の正体を摑もうとしていた。はっきりと言い表すことのできない妙な羞恥心と敗北感が、彼の額を熱くしていた。

8

テレビを見ていたヘギョンは、手に持っていた製本用のリングと問題集を机の上に置いた。しばらくあんぐりと口を開けたまま窓ごしに空を見つめていた女は、テレビを切って、両手でリモコンを強く握りしめた。めがねを外してコピー機の上に置き、指で瞼をこすった。湯に入れた卵のように熱を帯びた眼球は、今にも破裂してしまいそうだった。目を閉じ、ステンレスのコップを瞼にあてた。固くてひんやりした側面が、熱を冷ましてくれる。

「考えなきゃ、考えなきゃ」

女は、呪文を唱えるようにひとり言を呟いた。どれほど時間が経っただろう。外していためがねをかけ直し、ハンガーにかけてあるコートを手に取った。壁を隠すように積み上げられた段ボール箱を一つ一つ床に下ろして、小さな倉庫の扉を開けた。ひんやりした空気から、溜まった埃と湿ったカビのにおいがした。小さな薬局のように薬が種類別に整理され、ぎっしりと並べられている。

奥のほうから、高麗人参ドリンクの箱を取り出して扉を閉めた。女は、箱の持ち手をぎゅっと握りしめて店を出た。雪がこんこんと降っていた。

昼食中のユンに、ショートメッセージが届いた。〈シン・ヘギョンが来ています〉。その名の女性が来たら、必ず連絡をくれるよう面会室に頼んでおいたのだ。食事の途中で立ち上がったユンを、チェが怪訝そうに見上げた。

「なにかあったのか」

「いえ、ちょっと用事ができたので、先に失礼します」

「用事?」

チェは、そのまま立ち去ろうとするユンの腕を摑んだ。

「ユン刑務官。老婆心から言わせてもらうが、四七四番に介入しすぎるな。ややこしい奴だ。一度巻きこまれると抜け出せなくなる。これは、おかずにな
るより厄介だぞ。わかったな」

ユンは頰をゆるめて頷き、食堂を後にした。チェが不安そうな眼差しでユンの後ろ姿を見つめていた。

シン・ヘギョンは、面会室の椅子に座っていた。うつろな表情で、高麗人参ドリンクの箱を握り

しめていた。ユンは、女のほうへ向かった。

「四七四番の面会の方ですね？」

女は警戒するような目で彼を見つめ、そっと頷いた。

「担当刑務官のユンです。ご存じでしょうが、諸事情により四七四番は懲罰房に入っています。当分の間は面会禁止です」

女は押し黙っていた。ユンは、女が持っているドリンク箱に視線を落とした。

「差し入れや購買品などもすべて制限されています。こちらも刑務所内には持ち込めません」

箱を胸に抱えた女は、一度頷いて席を立った。面会室を出ていく後ろ姿を追いかけながらユンが声をかけた。

「あの、少しお時間いただけませんか」


ユンとヘギョンは、バス停の前の小さな商店に入った。目やにが溜まった灰色の目をゆっくりしばたたかせているカウンターの老婆。吹き出す湯気でふたがカタカタと音を立てている薪ストーブの上のやかん。ユンは缶コーヒーを飲み、女は緑茶の缶を握っていた。彼は、四七四番の日課について話した。起床時間と就寝時間のほか、食事もきちんと取っていて、よく会話もするし、冗談を言うこともあると。女はかすかに口元をゆるめるだけで、まるで口がきけないかのように押し黙っていた。彼は、これ以上話をそらさないことにした。

「実は、お聞きしたいことがありまして。四七四番は、弟さんでいらっしゃいますか」

その瞬間、女は目を見開いた。しかし、表情には大きな変化は見られなかった。

「いいえ、わたしは小さな人権団体の職員です。死刑囚といっても人権はありますし、許しを請う機会は与えられるべきだと信じています」

「そうですか。四七四番が、姉がいると言っていたものですから。面会中、たまたまお二人の会話が聞こえて、あの男が『姉さん』と呼んだような気がしたのですが、聞き違いだったようですね。遅れましたが、わたしは担当刑務官であって、事件やあの男の過去には関心がありません。個人情報の流出を恐れて警戒されているのなら、その必要はありません。信じてください」

「そんな言葉、信じられません」

ユンは気まずそうに頰をゆるめ、コーヒーを一口飲んだ。

「ごもっともです。それでも構いません。ただ、四七四番のお姉さんかもしれませんし、もしくはお姉さんをご存じかもしれないので、お話しします」

女は何の反応も見せず、ただじっとしていた。

「あの男は、自分が捨てられたと思っています。姉が自分を恐れたことに失望し、怒りを抱いているのです。わたしが姉なら、なによりもまず、その心をほどこうとするでしょう」

「あの子は知らないのです」

彼は「え?」と聞き返した。その声があまりにも小さかったからだ。女は、小鼻までずり落ちていためがねを指で押し上げた。

「あの子はなんにも知りません。姉が姿を消したのは、弟のためです。それしか方法がありませんでした」

彼は、女の声が次第に大きくなりつつも、冷静さを増しているように感じた。一言発するたびに声の波長が変わる。水が凍るように、鋭く尖っていく声。

「あの子は、姉が自分を恐れたと言ったんですか」

「はい。わたしの記憶では、そう言いました」

女は、めがねの内側に指を入れて、両目をこすった。

「そう、怖かった。だから家を出るしかなかったんです」

「まさか……あの男が、お姉さんにしてはならないことをしてしまったのでしょうか」

低い声で慎重に訊ねるユンを、女はぼんやり見つめた。最初はその目を見ていてもなにも感じなかったが、彼は徐々に居心地が悪くなり、ついには目をそらしてしまった。あの男が、自分を凝視しながら「見定めている」と言ったことが思い浮かんだ。心の奥底まで覗きこまれているようなあの瞳と、目の前にいる女の瞳は似ていた。悪寒を覚えたユンは、いつの間にか曲がっていた背筋をまっすぐに伸ばした。

「あの子の姉が家を出たのは、弟が怖かったからじゃない。その反対です」

女は握っていた緑茶の缶をかばんに入れ、ドリンク箱を持って立ち上がった。

「彼のこと、どうかよろしくお願いします。慣れない環境でいろんなことが怖くなり、心にもないことを口に出してしまったのでしょう」

そう言って、女は店を後にした。

9

急な坂道の先にあるバラック集落。練炭やごみが散らばった狭くて険しい道に、黒ずんだ雪が残っている。光明教会。小さく呟いたヘギョンの口から、白い息がもれる。二階建ての色あせた建物。くすんだ緑色の外観と、壁を横につらぬく、長くて深いひび。だれかが力を入れて揺らせば、ギシッと音を立てて崩れてしまいそうだった。屋上にある粗末な鉄製の十字架と、窓ガラス四枚に一文字ずつ刻まれた光、明、教、会の文字。女は、だらんと垂れたマフラーをきつく巻きなおして階段をのぼった。枠が歪んで締まりの悪い鉄扉をぐいっと開けてみる。埃とたばこのにおいの漂う、うす暗くて冷たい教会。長椅子は揃っておらず、かび臭い小豆色の座布団は乱雑に置かれていた。長い間礼拝は行なわれておらず、掃除もしていないようだった。女は長椅子に座り、まっすぐ前を向いた。分厚い茶色のカーテンの真ん中にある、木製の大きな十字架。角が擦れて色のはがれた講壇の両側には、枯れた蘇鉄の植木があった。椅子の上にある、ぼろぼろの週報を開いた。雑な編集で作られた週報の下段には、担任牧師アン・ウンソクと書かれていた。女は高麗人参のドリンク箱を足元に置き、再び正面を向いた。洞窟のように暗くてひんやりした空気と、みすぼらしい礼拝堂の静けさが、女の心をひどく沈ませた。いわゆる敬虔の念のようなものではなかった。とてつもない大きさと圧力で押しよせる悲惨さと羞恥心が、心のなかの壁を荒々しく引っかいていた。それをなんと形容したらいいだろう。悲しいと言うべきか、それとも忌々しいと言うべきか。何とも言えない感情が、これまで足を踏み入れたことのない死角へと自分を追いこんでいる、そんな心境だった。目を閉じて、両手を重ねた。深く息を吸いこみ、細く長く吐きだした。

うす暗い礼拝堂の片隅に座っている女を目にしたとき、アン・ウンソクは危うく声をあげるところだった。静まり返って誰もいないはずの場所に、ぼんやり人影が見えて目を向けると、その影がこちらをじっと見つめていたのだった。影は音も立てずに立ち上がり、静かに近づいてきた。少しずつ浮かびあがってくる影の正体が小柄な中年女性だとわかると、アンは安堵のため息をつくとともに、自分を驚かせたその女にいらだちを覚えた。

「どちら様で?」

「牧師さまでいらっしゃいますか」

アンはそうだと答え、見知らぬ女の身なりをすばやく目で確かめた。記者ではないようだし、テレビ局の人間でもなさそうだ。人を殺すようにも見えない。いや、アンは心のなかで冷笑しながら考えた。この女が俺を殺しにきたといっても、俺が負けるわけがない。

「そうですが」

女は頭を下げ、腰を曲げて挨拶をした。額が床につきそうなほど、深くて長い一礼だった。

「お話ししたいことがあって参りました。少しよろしいでしょうか」

落ち着いてゆっくりしたその言葉が、祈りの声のように礼拝堂にかすかに響いた。声を出すたびに現れては消える、丸くて白い息。透き通っていると言うべきか、淡いと言うべきか。アンは、女の話を聞きながら、その言葉の持つ不思議な力と色について考えていた。妙な気分にさせる女だと思った。

「つまり……要するに、あの死刑囚に死んでほしくない。だからもう一度わたしにインタビューを受けてほしい、と。あの男は今、情緒不安定で、罪の意識に苛まれてあんなことを口走っただけで、本当は深く悔やんでいる。そう話してほしいということですか」

ヘギョンは頷いた。アンは、はあ、と声に出し、両手で頭を掻いた。

「あの死刑囚と知り合いなんですか」

女はかぶりを振った。

「ご存じないからそんなことが言えるんです。あの男は、望みどおりにならないと、人殺しをするんですから」

四七四番と対面したときのことを思い出したアンは、背筋が凍りついた。

「わたしだって荒くれた人生を歩んできたし、いろんな人間を見てきましたよ。でも、あの男は違います。何と言ったらいいか……。そう、まさに悪魔のようでした。あれは人間じゃない。悪魔ですよ、悪魔」

アンは首を横に振りながら言った。

「人を罪と不幸に陥れる悪魔が、この世に存在してもいいでしょうか、いけないでしょうか」

女は氷のようにじっとしたまま、アンを見据えていた。アンは、上半身をかがめて女に近寄り、耳打ちするようにささやいた。

「いけません、絶対にいけませんよ」

そしてだれかに聞かれていないか、まわりを見回した。女が口を開いた。

「牧師さま、そんなことをおっしゃってはいけません。神様はすべての者を愛しているんでしょう？　洗い清められない罪などないのでしょう？」

アンは口元をゆるめた。そんな純情なことを、とからかうようにフフと笑った。

「基本的にはそのとおりです。聖書にもそう書いてありますしね。ですが、神様が忌み嫌う人間もたくさんいます。作ったことを悔やんでいたりもする。すべて聖書に書いてありますから」

女はなにか言いかけたが、妙な目つきで笑みを浮かべる年老いた牧師の口を引き裂いてやりたい衝動に駆られ、口を強く結んだ。そして、万一のために両手を組んだ。アンは、恭《うやうや》しく両手を組んでいるこの女と、ほかの話がしたいと思った。

「それはそうと、教会には通われていますか。他人の魂も大切ですが、己の魂はもっと大切です。わたしがお祈りして差し上げましょうか」

女は立ち上がった。ドリンク箱に一瞬目を向けて、右手で強く握りしめた。そして黙って踵《きびす》を返し、外に出ようとした。背後からアンの声が聞こえた。

「心がつらいときは、また来てください。それから、あの死刑囚のことは気にしないほうがいいですよ。あなたが心配するほど、意味のある人間じゃありませんから。善《よ》いことをしたいと思われたんでしょうが、あの男は早く死んだほうがましです」

女はおもむろに振り返り、アンを見つめた。そしてゆっくり歩いて彼の前に立ち、お辞儀をした。

「わかりました。お話、ありがとうございました。つまらないものですが、感謝の気持ちです。高麗人参を煎じたものですので、よろしかったらどうぞ」

アンは、「いや、そんな、申し訳ない。では、お気持ち有り難くいただきます」と言いながら嬉しそうな笑みを浮かべた。坂道を下る途中、女は電柱に手をついて、しばらくじっとしていた。湧きあがる泡のようなものが消えてなくなるのを、ふいに耳に響いた言葉が静まるのを待っていた。雪の降らない冬はなぜか寒い。どうしてだろう。そんなどうでもいいことに思いを巡らせながら、手の指を折り曲げては開き、また折り曲げては開いた。

10

何度呼びかけても一向に反応がない。ユンは、手の平で扉を叩いた。男はちらっと振り向くと、濁った声でこう言った。

「うるさいです」

五日間、男はなにもしていない。刑務所側が、寝食と洗面以外なにもできないよう罰を与えているわけだが、男は自らさらに深く暗いほうへ潜りこんでしまっている。食事も水も一切口にせず、小さな唸り声さえ出すこともなく、部屋の片隅に座りこんでいるだけだ。机や便器のようなものになりたいのだろう。ああだこうだと常に思い悩む生き物でなく、むしろ静物になりたいと願う、無性的で無意味な欲望。欲望？　それを欲望と呼べるだろうか。ユンはしばらく考えた。そう、欲望。貪欲で生意気な欲望だ。その瞬間、真っ赤に染まっていく自分の心に戸惑ったが、それを静めようとはしなかった。あの静かな自尊心を折り曲げてやりたかった。扉を開け、背中を丸めるようにして横になっている男のそばに腰を下ろした。

「シン・ヘギョンさんに会ってきた」

規則的に上下していた男の尖った右肩が、一瞬ぴたりと止まった。

「お前と似ているな」

肩が再び動きだす。男の鼓動が高まり、呼吸も速まっている。外見上は何の変化もないようでも、心はひどく動揺している。取り乱している証拠だ。

「お前を恐れていたんじゃないそうだ。まあ、俺には関係ないことだが」

「じゃあ関わらないでください」

まるで壁に背を向けられているような頑なな後ろ姿が、敵意に満ちた声で警告していた。それでもユンはつづけた。

「お前を守りたかったそうだ。お前のために家を出たのだと」

瞬く間に、例えでも誇張でもなく、まばたきをするほんのわずかな間に、男は体をよじって起き上がり、目の前にすっと現れた。ユンは一瞬息ができなかった。互いの鼻先が当たるほどの距離に男の顔があった。奥まで見えるほど深くて透き通った茶色の二つの瞳が、まるで大きな窓のように、ユンの目の前で見開かれていた。

「守りたかったと？　だから捨てたんだと？　笑わせてくれますね。わたしはあの人を憎み、あの人もわたしを憎んでいるのです。いたって単純な関係ですよ。前にも伝えたはずですが、担当官、線を越えてはいけませんよ」

それでもユンは止めなかった。男の視線に圧倒されて息苦しくなっても、まるで無理やり吐きだすように告げた。追いつめられたように、一文ずつ早口で。

「俺には、あの人がお前を捨てたようには思えない。捨てようとしているのはお前のほうじゃないか。わけを話してみろ。何を考えているんだ？　なぜあんなことをしたんだ」

「知りたいか？　それを話せば、あんたは事実を知り、もう逃げられなくなる。これまで俺の秘密を知った奴は、一人残らず殺してきたんだ」

ユンはかすかに体を震わせながら、首元へ視線を落とした。男が右手の人差し指と中指を曲げ、ユンの喉仏の下部をぐっと突いていた。すっと素早く突き刺せば、奥まで刺さってしまいそうだった。息ができない。目を閉じてしまいたい。それでも、ここで引くわけにはいかない。もう少しだけ耐えれば、奴は俺の手の内で落ち着くはずだ。力の抜けた体をもたげ、悲痛な面持ちで吐露するに違いない。

「わかった。じゃあ、いったん聞いてから、それを知るかどうか決めるってのはどうだ」

しばらくその言葉の意味を考えていた男は、力なく笑った。

「面白いことを言いますね」

四七四番は水を一杯口に含み、クリームパンをちぎりながら語りはじめた。

「なにかを殺したことは、ありますか」

にわかに思い浮かぶ光景。ゆっくり閉じていく犬の黒い瞳。アスファルトと土に染みこんでいく赤黒い血。殺すことと、死にゆくものを放っておくことは、質的にどんな違いがあるのだろう。ユンはしばらく考えた。無言で男の顔をじっと見つめた。男は、かさついた顔を手の平でなでていた。

「いつからか、なにかを殺すようになりました。殺してみたい……そういう衝動はありませんでした。ただ、なんというか」

男は、ううむと低い声をもらし、もつれた髪を指でといた。

「ずっと前、こんな話を聞いたことがあります。ある少年が、山奥の人里離れた家で、お姉さんと二人で暮らしていました」

男はしばらく目を閉じた。眼球がゆっくり動き、瞼にゆるやかな曲線を描いた。そして目を閉じたまま、丁寧に言葉を紡《つむ》いでいった。まるで記憶を一つずつ描くように、ゆっくりとしていて慎重な話し方だった。

「事情があって、少年には戸籍がなく、十五歳になるまで学校にも病院にも行けませんでした。それでも問題ありませんでした。姉さんがいたから。少年にとって姉は、母親でも友人でもあったし、抱きしめて眠ることのできるクマのぬいぐるみで、テレビで、ラジオで、絵本でした。ときには、水や火のような存在でもありましたが、柔らかくて、温かかった。冷たくて熱いこともあったけれど。少年は、皮革工場で働いている姉の帰りを待ちました。待つこと。それは、彼の人生のすべてでした。待つのがつらいとか、寂しい、苦しいと感じたことはありません。それは、ごく自然なことでしたから。丘の上に立ち、大きなケヤキの木陰に腰かけ、茂みにある小さな岩の上に立ち、姉を待ちつづけました。あたりが暗くなるころ、姉は帰ってきました。手ぶらだったことは一度もなく、いつも黒いビニール袋を下げていました。少年は、その中身を見るのが嬉しかった。特に好きだったのはカニカマで、あの白い身を噛むと生臭い感じがして……」

男はしばらく黙りこみ、妙な表情を浮かべて舌なめずりをした。

「少年には、変わった趣味がありました。姉にも言えない、秘められた趣味でした。一人でぼんやりしていると、いろんなものが目の前を通ります。少年はその動きを止めてみたかった。最初は、アリやキリギリス、バッタなどでしたが、そのうち、カエルや四十雀のひな鳥も捕まえるようになりました。なぜそんなことをしたのだろうと何度か考えたことはありますが、自分でもちゃんとした理由はわかりませんでした。あえて言うなら、退屈だったから、でしょうか。特に興味があったり、楽しんでいたわけでもありません。そのうち、理由はない、そう考えるようになりました。少年は家の近くを歩きながら、もう少し大きな動物を探しはじめました。そんなある日、姉に打ち明けることにしました。一つ気になることがあったからです。少年は姉と手をつなぎ、家の裏手へ向かいました。そして石を拾い上げました。その下には、モグラが一匹踏みつぶされていました。姉は驚いているようでしたが、できるだけ平静を装って言いました。『お前がしたの？』少年は、そうだと答えました。『どうして？』と訊かれて、『なんとなく』と答えたのか『殺したくて』と答えたのか、はっきり覚えていません。姉は再び訊きました。『これ以外も？』少年は、ありのままを話しました。昆虫や小さな動物も殺したし、少し前には飢えた野良犬の首を絞めたことも……。姉は庭に立ちつくし、遠くの山をひとしきり眺めていました。そのとき、少年が訊きました。『姉さん、父さんはどこにいるの？』姉は目を見開いて、少年を見つめました。『どうして知りたいの？』少年はただ黙っていました。なぜかこれ以上訊いてはいけないような気がしたからです。姉は、指先を震わせながら家に戻りました。大人になった少年は、もしも過去に戻れるのなら、やり直したいことが一つだけあるそうです。あのとき、あの瞬間。事実を打ち明けた自分の口をふさぐことさえできたなら……」

男は水を口に含み、しばらくしてもう一口飲んだ。それから後方にある窓の外に目を向けた。ノート一冊分の空には、雲も太陽もあった。ユンが問いかけた。

「それ以来、お姉さんは弟を怖がるようになったのか」

「それはわかりません。でも、きっとそうでしょう。二人の間に、それまでにはなかった沈黙が流れるようになり、秘密ごとが増えていきました。姉はなにか言いかけてはやめ、わたしもまた、姉になにかを訊こうとしては言葉を飲みこみました」


ふと男はなにかを思い出し、目を細めながら首をかしげた。

「そういえば、妙なことがありました。なぜだったのか今でもわかりませんが、わたしは最後まで姉にそのことを話しませんでした。だから、この話をするのは担当官が初めてです。秘密ですよ」

男がほほ笑み、ユンも微笑した。その一瞬の笑みで、部屋の温度が少しだけ上がったような気がした。

「秋のことでした。山々も彩りはじめ、風には冷気が混じり、上着をはおって姉を待っていたときのことです。急に雨が降りはじめました。半日、いや、たった三時間くらいの雨だったのに、山が崩れたんです。あんな雨は初めてでした。台風でさえあれほど激しくはないでしょう。突風も吹き荒れ、雨が波のように天に向かって吹き出ては地面に降りそそぎました。驚いたわたしは岩かげに身を寄せて、全力で雨風と闘いました。根こそぎ抜けた木々や小石が、まるでビニール袋のように宙を飛び交う光景は、恐ろしさを通り越して、次元を超越したものでした。風がやみ、雨足が弱まると、黒雲のすき間から一筋の陽が差しました。その瞬間、土砂崩れが起きたのです。山があっという間に崩れ落ち、泥の道ができました。遠くから見れば、山に大きな泥の滝ができたと思えるほどの迫力でした。空は嘘のように晴れていて、穏やかでした。けれど、いつも見ていた風景が一変したのです。道路は消えてなくなり、森は姿を変え、裏山の一部はなくなりました。雨風と霧のなか、大きな口を開けた怪物が山や土地を飲みこんで、それを吐きだしたような無残な光景。鳥たちは土の下敷きになり、リスなどの小動物は、枝から落ちた木の実のように倒れていました。いつも岩の上から眺めていた野の花のひとむらも泥に覆われ、芝のない墓場のようになってしまいました。そのとき、ずっと向こうに、穴を掘っている一匹の野良犬を見つけました。あばら骨が浮き出るほどやせ細っていて、なにかに気を奪われたせいで、わたしに見られていることにさえ気づいていないようでした。油断。わたしはこの言葉が嫌いです。捕まえたいという思いが、ふいに湧きあがりました。折れ木の尖ったほうを槍のように握り、静かに近寄りました。まっすぐ放てば的中できる距離まで行き、放つべきか、それとももっと近づいて突き刺すべきか考えていたとき、わたしはあるものを目にして腕を下ろしてしまいました。その犬は、死体を食べていました。男でした。藍色の制服を着ていて、乱れなく横たわっていました。両手は腹に上下に添えられ、両足もまっすぐそろっていたので、まるで土のなかで眠っているようでした。首に三回以上刺されたような跡がなかったら、殺されたのではなく、自死したものと思ったでしょう。死人を見たのは、それが初めてでした。それは、死んだ動物とはまったく違っていました。わたしは、しばらくまじまじと見ていました。だれがやったのか。たちまち、奇妙な感情に包まれました。初めて抱く感情で、何と表現すればいいかわからなかったのですが、今考えてみると、恐ろしさとか畏敬の念と呼べるかもしれません。わたしは、姉が帰ってくるまで食い入るように見つめていました。それから土を覆い、固くなるまで踏みならしました。姉に話すべきかどうか悩みましたが、ついに話すことはありませんでした。そして季節は変わり、大雪の日、姉は大きなワタリガニを茹でて、家を出て行ったのです」

男は手の平を思いきり開いて、しばらく見つめていた。水辺に立って、透き通った水中になにがあるのか探るような眼差しで。

「ときは流れ、少年は姉を許しました。いや、許したと思っていました。いろいろな経験を積んだ分、多くのことを忘れました。人生は理解できないことであふれていることに気づくのに十分な時間でしたから。姉のことも、そのうちの一つに過ぎないのだと受け入れるようになったのです。少年は、最大の疑問を解き明かせぬまま育ちました。でも振り返ってみると、人生がそれなりの方法で答えてくれていたのかもしれません。ところが、姉に再会した瞬間、ずっと昔のあの日の記憶がありありと蘇り、あのときと同じ感情と大きさで、再び捨てられたような気持ちになりました。ずっと一人ぼっちだったのに、完全に一人ぼっちになったような惨めな気持ち。怖かった。もう一度自分を取り戻すまで、またあの長い年月を過ごす自信がなかったんです」

男の声にはなにもなかった。温度も、感情もなかった。こんなことがあった、その次にあんなこともあった。まるで本を読むように淡々とした口調だった。

「父親は見つけたのか」

男は首を横に振った。

「いいえ。会ったこともありませんし、探そうと思ったこともありません」

「じゃあ、どうして父親の行方を訊いたんだ?」

「知りたかったんでしょう」

「なにを?」

「少年は、気になっていたんです。自分の血と心臓に、なにが隠されているのか。いくら考えても、それは姉から受けついだものではなかったからです。だから姉にはわかるはずがない。でも、父親ならわかるだろうと思いました。どうして……生き物を殺してしまうのか」

「姉から受けついだ? 母親じゃなくて?」

「あ、いえ。少年は、姉が実の母親だということにうすうす気づいていました。ピースの合わない、いくつかの記憶と疑問。なぜ出生届も出せないまま育たなければならなかったのか。なぜ学校に行けないのか。なぜ姉は俺の存在を隠すのか。なぜ引っ越しばかりしていたのか。なぜ人里離れたところで暮らさなきゃいけないのか。ある日、この疑問が一気に解けたんです。そういうことってあるでしょう。すべてが一つにつながる瞬間……。だから、母親については訊きませんでした」

二人の間に沈黙が流れた。ユンは、男の赤い名札に目を向けた。むき出しになった心臓の一部のように、一定の速度で上下していた。

「その後は？」

男は、ふうと声に出して息を長く吐き、口元をゆるめた。そして、初めて会ったときのような硬くて異様な顔つきへと、ゆっくり変わっていった。

「家も家族もなかった少年は、流れ者になりました。思いのままに暮らす日々。彼は、何事も恐れない、冷淡な人間になりました。刺激に反応することもなく、物事にこだわることもなくなりました。がっかりすることもなく、好奇心や疑問を抱くことさえありませんでした。彼は、本能のままに生きることにしました。その能力を必要とする者には、能力を売りました。ギブアンドテイクです。彼の存在が明らかになることはなかったし、明らかにすること自体が不可能でしたから。だから彼は、どこであれ、どんな形であれ、存在できたんです」

男は両手をすり合わせ、温まった手を瞼の上にあてた。

「十七歳の春、船でウラジオストクに渡りました。そこにも、彼を求める人はたくさんいました。だれかをこの世から消したいと願う人は、どこに行っても多い。彼は死んでほしい人がいなくても人を殺め、ある者は死んでほしい人がいても自分の手では殺せない。彼は、そんな人々の代わりに、手となり刀となりました。それを望んでいたわけではありませんでしたが、ただ行動に移したのです。彼は今でも、自分が罪人だと思っていません。法はできごとの結果で罪を判断しますが、人間は結果で罪を犯すものではありません。意図することが罪なのです。彼は、物理的な道具に過ぎません。別の人間が彼を動かし、怒り、激高して罪を犯す。小心者はわたしを通じて強くなり、恨みを抱えた者はわたしを通じてその恨みを晴らしました。わたしは、その代価で生きてきました。調査官が、わたしのことを『幽霊』と呼んでいるのを聞いたことがあります。そう、存在を隠してこそ存在できる人間。それがわたしでした。『プリズラック』、当時のわたしの呼び名です。ロシア語で幽霊という意味です」

男はおもむろに立ち上がり、ストレッチをはじめた。首や手首を回し、何度か屈伸をして、太ももを手で揉んだ。そして散歩をするように部屋をぐるぐる歩いた。やっぱり足音が聞こえないな。ユンは、男のやせ細った足を見ながら思った。

「三九番地、古びた三階建ての木造建築。うす暗くてじめじめした狭い部屋と、貧しい人々。咳込みながら血を吐く人々。薬におぼれて目の焦点が定まらず、あらゆるものが異様な色に映る人々。ハトの糞で汚れた窓のサッシ、キャベツと茹でた肉。わたしは、ランプが置かれた小さな机の前に座り、雪の降る街並みをぼんやり眺めていました。冬の昼下がりのことでした。雪片があまりに大きいので、空から小鳥が落ちてきたのかと思うほどでした。小さな商店の深緑色の扉。開くたびに響く鐘の音。立ち飲み屋で晩飯を食べながら、浮かぬ顔をした奴らがカードゲームをする姿を眺めたりしたものです。年末には、流行おくれの黒い服を身にまとい、道路に残った皿形の黒い氷を長靴で割りながら、ヤクーツクの年末パーティーに行きました。酒やチョコレートを食べる人々。腐った肉を守る老いたオオカミのような奴らが殴りあう滑稽な姿。酒に酔った警察官がひどく悲しげに口ずさむ歌に拍手を送ったこともありました」

男が手を叩いてみせた。

「ロシア人には、妙な一面があります。冬の世界で生まれ育ったせいか、心や体、話し方から声まで、どこか氷が混ざっている。氷の海を見たことはないでしょう？　冬になると、彼らは凍った海の上に向かいます。歩いて、走って、寝転がったりもする。鋸《のこぎり》で細長い穴を掘って……穴というよりも、一人用のプールのような感じです。そして服を脱いで、そこに入る。ひげが氷漬けになって寒さで体が震えているのに、笑い合い、大騒ぎしながら酒を飲みます。真っ白に凍った海面にいくつもの氷の穴があって、まるで温泉に入るように遊ぶんです。水中で息止め競争をしたり、船の航跡に沿って、どこまで泳げるか競ったりします。前に話したように、わたしは寒さを感じません。だから、だれよりも長く遠くまで氷の混ざった海が泳げます。あちこちで上がる歓声。小さくて黒い種のような東洋人が、氷と雪のなかを自由に突き進んでいく姿が不思議だったのでしょう。わたしに向かって何度も叫びました。『氷男！　氷男！』　声を張りあげて応援してくれました。わたしは、氷の海を泳ぐのが好きでした。泳いでいると声が聞こえなくなり、波や風の音さえも消えてしまう真空の時間がやってきます。意識が遠のいて、次第に手足の力がなくなっていく……。消えゆく煙のような感じでしょうか。わかっています、それが死へ向かう感覚だということは。けれども、その感覚がとても心地いい。体に鰭《ひれ》ができて鱗が生えてくるような、まさに解き放たれたような感覚。口のなかに入ってくる水。吐きだすと、再び水が口を満たす。泳ぎつづけていると、自分が本当に魚になって、あの深い海のなかでも呼吸ができるような気がしてきます。すると、幼いころの記憶が蘇るのです。姉がわたしの体を洗っている。二人で大きな桶に入り、お湯をかけ合っている。傷にならないように、泡で背中を優しく擦る。体を拭いて、互いの体をチェックする。薬を塗り、ボディローションを手に取ってそっと塗る。手や視線が届くあらゆる部位の傷が癒えていくような気分。それが好きでした。波のゆらめきが、その情景を呼びおこすのです。その一方で、心の奥底から、洞窟の反響音のように姉の声が響いてきました。『熱いお湯と冷水に入っちゃだめ』。厳しく叱る姉の声。『早く出てきなさい！』その言葉に逆らうように、遠く遠くへ泳ぐ。それでも結局は姉に言われるまま、悲しい気持ちで海から上がりました。生きるのがそんなに重要なのか。死がそんなに嫌か。ある種の羞恥心と屈辱を抱きながら体を拭き、寒いふりをしながら体を震わせ、人々とともに炎の揺れる焚き火の前に立っていました。どこまでもつづく白い氷を砕いて海中に入れた棺《ひつぎ》のように、果てのない青い闇のゆらめきを見ていると、姉を思い出します。頭を振って自分に怒りをぶつけても、姉の姿が見えるのです。そんなときは、波止場の塔にのぼりました。遠い海の果て。おぼろげに水平線が見えます。凍りついた海面を砕いて、ゆっくり進む砕氷船を見たことはありますか。ゴツゴツと割れる海の声。その異様な慟哭を聞いていると、憎しみと恋しさは背中合わせだということに気づくのです」

男は、憎しみと恋しさという言葉を何度も呟いていた。しまいには、消えいりそうな声でささやき、うむ、というかすかな声と震えだけが響いた。「うむ、うむ、うむ……」。

「これまでずっと一人でした。頭に浮かぶ記憶をさえぎることはできなくても、振りまわされぬよう、悩まされぬよう、頭と心にくぎを打って、抑えつけてきました。どんな光も入らないよう、心に分厚いカーテンを引いて。一つ仕事を終えると、ささやかな褒美として缶コーラを飲み、そのプルタブをガラス瓶に投げ入れながら自分に言い聞かせました。勘違いするな。だれも信じるな。優しさに惑わされてはいけないし、冷酷さに失望してもいけない。できることだけをしよう。与えられた仕事をやり遂げ、最大限の力を出せるよう努力しよう。考えすぎず、暗くなったら眠りにつこう。そう思っていたのに、どうしてわたしはまたここへ戻り、姉を探してしまったのでしょうか。散らばっていた時間が、再び一つになろうとしています。ゆがんだ絵。奇妙に組み合わさった顔。片方は笑っていて、片方は泣いています。家を出る、捨てられる。これは同時に起こりうることです。会いたい、殺したい。これも同時に考えることができます。愛する、憎む。この感情も同時に抱くことができます。姉と母。オフィスとムミヤ。一人が二つの存在になることもできるでしょう。わたしはもう、この混乱を終わらせたいのです。担当官、この気持ちがわかりますか」

しばらく黙っていたユンが口を開いた。

「心中は察するが、お前の言葉には同意できない」

「そうですか」

そう呟いた男は、電源の切れた機械のように横たわって目を閉じた。その姿をしばらく見つめていたユンは、丸まっていた布団を広げ、首までかけてやった。そのとき、ユンと男の手の甲が触れた。冷たかった。しかし、その感触はすぐ消えた。まるで、水滴がいつの間にか跡形もなく消えてなくなるように。ユンの背後で扉が閉まった。廊下を歩きながら、男が可哀想だと思った。そして、すぐさまそんな自分に戸惑った。彼は自分に言い聞かせた。あいつは十二人もの人を殺したんだと。

罪悪感もないまま人を手にかける人間なのだと。それでも、やるせなさとともに怒りが込みあげてきた。だれに向けた感情なのかわからない、複雑な気持ちだった。

11

「ユン」

「はい」

「四七四番、もうすぐ執行されるそうだ」

「……」

所長は困ったような表情で額に手をあて、ティッシュで鼻をかんだ。

「近いうちに発表して、春が来る前に速やかに行なわれるそうだから、準備しておくように。最後まで不始末のないよう気をつけろ」

パク刑務官が訊ねた。

「じゃあ、ほかの死刑囚はどうなるんですか」

「いや、そこまではまだ決めてないようだ。なにしろ世論が騒がしいから、急ぎの案件から火消ししようってことらしいが、これを機に執行を進める方向にはならないだろう。個別事項として処理される可能性が高い」

チェ刑務官が訊いた。

「公文書が通達されたということですか。ほかの受刑者には、心配しないよう伝えてもいいでしょうか」

「まだ正式なものじゃないが、ほぼ決まったと言えるだろう。数日以内に発表するらしい。それと、ほかの受刑者の件だが、ううむ……」

しばらく考えこんでいた所長は、ふいに怒りをあらわにした。

「知らん！　今後のことなんて、俺にわかるはずがないだろう。頭のいかれたあの野郎が、よりによってなんでうちに来たんだ。定年前にこんな苦労をさせやがって。おい、お前だってそう思うだろう？」

「所長……」

そう呟いたユンだったが、それ以外にしばらくなにも言えなかった。所長をはじめ、まわりの刑務官が一斉にユンに目を向けた。

「懲罰房から出してやるのはどうでしょうか」

所長は顔をしかめ、人差し指で右の眉を掻いた。

「お前だって忘れてはいないだろう。あいつが刑務官を殺すと脅したから、あそこに入れたんだ。もうすぐ死ぬから、よくしてやろうってことか？　それとも、いつの間にか情でも湧いたのか？まさかストックホルム症候群とかなんとかってやつじゃないだろうな？」

ユンは唇をかみしめたまま、黙りこんでいた。

パクが、ユンの背中を叩きながら言った。

「ユン刑務官の意見も一理あります。刑が執行されることになれば、人権団体や宗教界からの問い合わせが増えるでしょう。基本権利や人権など、最小限の権利がきちんと守られているのか指摘してくるでしょうから、いたずらに揚げ足を取られかねません。特に、面会や宗教関係者の面談などは許可すべきです」

所長は、揚げ足という言葉を、するめをしゃぶるような口ぶりで呟いて、煩わしそうに眉をひそめた。

「わかった。好きなようにしろ。その代わり、マスコミとは絶対に接触させるなよ」

ヘギョンと四七四番が、向かい合わせに座っている。二人は黙って互いを見つめていた。女は、弟の左胸にある赤色の名札に視線を向けた。青白い顔とくぼんだ両頬からは、焦燥しきった様子がうかがえた。男は、分厚いアクリル板の向こうからこちらを見つめる女の目を見た。なかなか感情が読み取れない瞳。カメラのレンズのように大きく開いているのに、そこには表情というものがなかった。女は透明な壁に手をあてて、しばらくじっとしていた。そして口を開いた。

「どうしてあんなことを言ったの？」

男は視線を少しそらし、虚空を眺めながら冷めた声で言った。

「傷つけたかった」

「え？」

「姉さんから大切なものを奪いたかった。それが俺なら……俺を消せばいい。姉さんだって、俺から姉さんを取りあげたじゃないか」

女は、その真意を読み取った。目の前で苦しんでいるのをわかっていながら、ただ見ているだけの自分に罰を与えようとする、怒り狂った子どもの心理を。

「わかったから、もうやめなさい」

「わかった？　なにがわかったんだ。遠いところに行っていたんだ。俺がこれまでどんなふうに暮らしてきたのか、姉さんにはわかりっこない。きっと想像もできないに決まっている」

「これからは、わたしがそばにいるでしょう」

男は頭を抱え、奥歯をぐっと噛みしめた。

「もういいんだ。姉さんを傷つけられるのは、たった一度だけだから」

面会室に沈黙が流れた。体が麻痺したように、二人は身動き一つしなかった。それは、時間にして一分ほどにすぎなかったが、見守っていたユンにはひどく長く感じられた。空気が薄くなったように、呼吸が苦しく感じられるほどだった。ユンは口を固く結んで唾を飲んだ。女は息を長く吐き、めがねの内側に指を入れて目元をこすった。眉間には深いしわが刻まれてた。ずり落ちためがねを押し上げて背筋を伸ばし、冷めた眼差しで弟を見つめた。その瞬間、男の目の色が変わり、ふいに下を向いてしまった。言うことを聞かないと、姉はいつも怖かった。厳しくて決然としていた。男は、ふとそのときの眼差しが脳裏に蘇った。女は、冷ややかな口調で話しはじめた。

「お前はまったく成長してないのね。分別がなくて強情なのは昔と同じ。いちいち説明する暇はないの。よく聞きなさい。この世に存在するありとあらゆる人権団体に手紙を書くつもりよ。そして、判事や検事、大統領にも書かなきゃ。絶対に、勝手に死なせやしないんだから」

男は視線を上げた。氷のように冷たい炎のようなものが、瞳の奥で燃えあがっていた。それを見て、わけもなく涙が出そうになった。

「父親について訊いたことがあったわね。だれに似たのか……どうして望んでいないことをしてしまうのか、知りたかったんでしょう?」

女は目を閉じてしばらく口をつぐんでいた。そしてぎこちなく笑った。

「原因は父親じゃない。あの人は大した人じゃないから、お前やわたしが受けついだものなんて一つもないわ。お前になにかあるとしたら、それは父方じゃない、母方よ。美しさ、勇気、ゆるぎなさ、神経、肌、そして運命まで、ぜんぶそっくり」

女は声には出さず、唇の動きだけでなにかをささやいた。

男は大きく驚き、のけ反るように女から遠ざかった。女は何の反応も見せず、頷くことさえなかった。

「だから、馬鹿なまねはもうやめなさい。わたしに捨てられたと思っているんでしょう？　そう、捨てたわ。恨めしくて腹が立つのなら、そんなところで馬鹿みたいにじっとしていないで、どんな手を使ってでも生きぬいて復讐すればいい。わたしがお前を恐れていたと？　わたしが？　お前のことを？　いいえ、わたしは自分が怖かった。お前を殺してしまいそうで。こんなふうに勝手に死を選ぶとわかっていたら、家を出たりしなかったわ。あのとき殺していたはず」

女は立ち上がった。

それから一週間が過ぎた。予想に反して、男の様子はふだんとほぼ変わらなかった。ただ、ユンに話しかけてこなくなった。急に年老いてしまったように、あらゆるものへの関心を失ったようだった。まるでエンジンが切れて冷たくなった機械のように、熱気も生気も消えていた。好奇心に満ちた目でユンの表情や行動をうかがいながら、話したそうにしていたときとはまるで別人だった。

ユンは、男のことが心配だった。声をかけてみたり、もし運動場に出たければ上にかけあってみるとも話してみたが、まったく興味を示さなかった。二月最初の日。雪もなく、明るい陽が差しこむ暖かい朝。静かに朝食をとっていた男は箸を置き、廊下に立っているユンに声をかけた。
「担当官、わたしは死にたくありません」

四七四番は、国家人権委員会や人権団体、死刑廃止を求めるNGO団体宛てに手紙を書きはじめた。過ちを悔やんでいます。矯正に努めます。健全なる社会復帰を希望します。一文字ずつ丁寧に切々と記した。法務省宛てにも書いた。国家義務として規定されている、受刑者への矯正活動や社会適応能力の養成を行なってほしいとの内容だった。ユンはその手紙をどうすべきか悩んだが、男の望みどおり、すべて発送することにした。どのみち受刑者の手紙の検閲は違法であるため、もし問題となれば所長にそう説明すればいいだろうと考えていた。所長の耳に入ったのは、手紙が刑務所を出て四日目のことだった。まず法務省から電話がきて、それにつづき、人権委員会やキリスト教団体からも連絡がきた。確認事項があると訪ねてきた政府関係者は、受刑者の管理を徹底するようにとの言葉を残して帰っていった。法務省矯正局からは、この問題を速やかに解決できなければ、所長の去就にも影響を及ぼすだろうと圧力をかけられた。有能な者は問題を大きくせず、簡潔に処理するものだという忠告も言い添えた。「あれだけ死刑を執行しろと暴れていたじゃないか。執行目前に考えが変わって、今さらあがいているってわけか？　ふざけるのもいい加減にしろ」。所長は、この一連のできごとの背景になにかがあることに気づいた。四七四番の個人記録を調べ、面会の数日後、男の心境に変化が生まれたことを知った。そして中央統制室に向かった。ちょうどユンが監視カメラを見ていたところだった。所長は、立ち上がろうとするユンの肩を押さえた。

「ユン」

「はい」

ユンは、自分を冷ややかに見下ろす所長の目を見ながら答えた。所長は語気を強めた。

「ユン！」

ユンは返事をしなかった。所長は、四七四番の部屋の画面を手の平で押さえた。男は、顔を上げて窓外を眺めていた。

「四七四番、このごろ熱心に手紙を書いているそうじゃないか」

「はい、そのようです」

「なぜ報告しない？」

「手紙を書いていることは知っていましたが、内容まではわかりませんでした。検閲は禁止されていますので」

「ユン！　お前、俺をからかっているのか」

ユンは唇を一文字に結んだ。目に力を入れ、相手の真意を探るような表情を浮かべた。

「面会に来ていたシン・ヘギョンという女、あれはだれだ?」

「わかりません」

「わからないだと?」

「はい。ご存じのように、面会中、刑務官は立ち入り禁止となっていますので」

「おい、ふざけるな。お前もあそこにいたじゃないか」

声を張りあげた所長に、ユンはうろたえながらたどたどしく答えた。

「それが……非常時に備えて面会室の前にいただけで、会話の内容までは聞こえませんでした」

「そうか? じゃあ、ついて来い」


扉が開いた。所長は、廊下から男をじっと見つめた。所長がなかに入ると、反射的にパク刑務官とチェ刑務官も後につづいた。ちらりと振り向いた所長は、外に立っているようユンに命じた。彼は、不安げな眼差しで廊下から見守った。所長が切り出した。

「立て」

男は素直に立ち上がった。

「この間まで死にたいとわめいていたのに、今度は死にたくないって騒ぎたてているそうじゃないか。なぜだ?」

男は下を向いたまま、黙っている。

「死刑にしなければ刑務官を殺すと脅しておいて、今さら、矯正と社会復帰のために力を貸してくれだと? その理由を聞こうじゃないか」

「死にたくないのです。これからは、刑務官の指示に従って矯正に努めます」

所長はポケットからガムを取り出し、包み紙をはがして嚙みはじめた。

「ここは、お前がどうやったら出所できるのかを話し合う場所じゃないんだよ」

「所長がわたしを嫌っているのは承知しています。だからといって、わたしの意思が黙殺されてはならないと思うのです」

所長は、ガムを嚙むのをやめて、呆れたように笑った。

「人間は実に矛盾している。殺人犯の幼少期が不幸だった、家庭環境がよくなかった、神様に見捨てられた、心が病んでいた、精神に異常があったとかなんとか言って泣きつけば、みんな同情するもんだ。その上、お前らまで自分のことを憐《あわ》れんでいやがる。いかにも悔しそうにな。俺は、ずっと前からそれが納得いかなかったんだ」

所長は、床に丁寧に並べられた便せんとボールペンを足先で踏み、ボールをコントロールするように動かすと、ついには廊下に向かって蹴ってしまった。

「痛めつけてやりたいのは山々なんだが、むごい扱いだとか人権侵害だとか手紙に書かれると困るんでね。これだけは覚えておけ。頭を使うな。面倒なことはせず、ただ罪を悔いて、謝罪の心で残りの日々を送れ。どうせお前はもうすぐ死ぬ。死刑囚が死刑になる、何一つ問題などない。理屈にかなうからだ。あのときお前はこう言った。今度脅したら殺してやると。でも、今のお前の姿を見てみろ。ぬけぬけとホラを吹きやがって」

所長は、噛んでいたガムを床に吐いた。

「サイコ野郎が」

男は、床にくっついた歯形の白いガムをじっと見つめていた。部屋から出ようとした所長は、あぁ、と呟いて足を止めた。そして、振り向きざまに言った。

「そういえば、だれかがお前に二度も会いに来ていたな。名前は……シン・ヘギョンだったか？お前さんとは、どんな関係なんだろうねえ」

男は、表面的には目立った反応を見せなかったが、ユンは気づいていた。男の瞳孔が開き、落としていた肩に緊張が走ったことを。

「孤児で住民番号もないと言っていたが、ひょっとして家族か？　大いに気になるねえ。母親かお姉さんとか？　それとも親戚か……。ま、だれだってかまわないが、もうすぐ有名になるだろうな。『ベールに包まれた正体不明の殺人犯の家族、ついに見つかる！』なんて、新聞に出るかもしれんぞ」

「あ！」その瞬間、パクが男を指さしながら叫んだ。

「血、血が出ています」

男の口から赤い血があふれ出ていた。口いっぱいに溜めておいた血を一気に吐きだしたかのように、口元からあご、そして首元まであっという間に真っ赤に染まった。チェが扉を叩いて緊急事態であることを知らせ、うろたえた所長はどうしていいかわからず、中腰になったまま凍りついていた。男は苦しそうな表情で口を大きく開けて、けたたましい悲鳴を張りあげた。そして床に倒れこみ、発作が起きたように突然体を震わせはじめた。流れる血が水たまりのように床に溜まっていく。所長は膝を曲げて座りこみ、胸ポケットからハンカチを取り出して、男の口元をふさいでやった。ユンは、震えている男の肩下まで布団をかけてやりながら考えていた。苦しそうな顔？　奴は痛みを感じないはずでは？


そのときだった。痛みに悶《もだ》えていた男が、すばやく体を回転させて両手を所長の首に回し、全力で手前に引きつけた。そして大きく口を開けて歯をむき出しにし、その喉元に噛みついた。悲鳴をあげて倒れた所長は、必死で逃げようとした。しかし、男は両足で所長の肋骨を挟み、足首を交差させて動けないように押さえつけた。パクは、男の腰を摑んで所長の体から離そうとした。それでも男はびくともしなかった。ユンは左手で男の髪を、右手で耳を摑み、力の限り引っ張った。しかし、そうすればするほど、男はますます奥へと潜りこんだ。男は両眼を剝き、姿勢を変えながらパクとユンの動きを確かめていたが、決して所長の喉元から口を離さなかった。いや、まるで嚙み砕くように、より強く、より激しく、歯と歯をすり合わせはじめた。あごをがむしゃらに動かす姿は、まるでなにかを執拗に引き裂こうとしているかのようだった。ティッシュを持ってきたチェは、この状況を目にするや否や、腰に差していた棍棒で男の背中や肩を強く叩きつけた。ユンは男の太ももを踏みつけ、後ろ頭を何度も殴りつづけた。頭と額からだらだらと血が流れていたが、男は眉一つ動かさなかった。慌てることなく、一定の力と速さであごを動かし、それはまるで所長の喉に穴でも空けようとしているかのようにしぶとかった。ちょうどそのとき、ガス銃が男の鼻と目に当たり、ようやく男は力をゆるめた。数人の刑務官に押さえつけられていたときも、男は、床に倒れこんで血を流している所長から目を離さなかった。所長の首元はただれていた。皮膚は引き裂かれ、肉がむき出しになっていた。鮮やかな血がぽたぽたと滴《したた》っていた。刑務官と機動隊員が、所長を担架に乗せて救急車へ急いだ。区画ごとに遮断されている鉄門がすべて開けられた。犬のように舌なめずりをしながら血の溜まった床に座りこんでいる男を、ユンは呆然と見つめていた。男は手の平で荒っぽく口元を拭き、太ももにこすりつけた。そして舌で口のなかを舐めまわし、唾をぺっと吐きだした。

12

人の肌は独特だ。柔らかい絹のようなこともあれば、皮革のように硬いこともある。たった一本の針で痛がるのに、寒さや暑さ、雨氷や砂嵐は耐えしのぐ。ジャガイモの皮をむいていたヘギョンは、ナイフの刃先で指と手の平を突いてみた。ちゃんと扱えば、こんな果物ナイフなんて玩具よりも安全だわ。だけど、ちょっとだけ力を入れたら？　刃先に少しだけ力を入れてみた。やっぱり危ない。女は、人差し指ににじむ血を親指で拭きとった。人は、強くて弱い。そして繊細で複雑。柔らかくて湿ったものが、固くて丈夫なものを包みこんでいる。血を運ぶ大きな管と、目に見えないほど細かい管が絡まり合い、頭の先から爪の先まで温かさを保っている。息が通う穴と食べ物が通る通路、水分と血を溜めている内臓と、ばねのある筋肉。だけど、それらはとても弱い。そのうちのどれかが詰まったり切れたりしただけで、人は死んでしまう。透明な液剤一滴で、血液と筋肉が壊れて溶けてしまう人間とは、どれほど取るに足りない存在なのだろう。女はナイフを垂直に立てて、ジャガイモに突き刺した。ジャガイモと人間、どちらが容易いだろう。女は、十九歳だったあの日のことを思い出した。

大きな口を開けて眠る父親。ヘギョンは、その黒い喉をしげしげと見つめた。地面にできたくぼみのように、乾ききった口のなかと鼻の穴。乱れたひげ、口まわりの小さなできものと黄色い膿。天井に向かって伸びたあご、しわが刻まれた首。丸みを帯びた喉仏と鎖骨の間にある、平らで滑らかな首筋。食べ物が通る食道、空気が出入りする気道。彼女は父親の前に座りこんで考えた。そこに穴を開けるのは難しいだろうか。わたしはまだ二十歳前の若い女で、この人は力の強い男だ。一定のリズムで上下している父親の胸に目を向けた。ときおり吐き気のするようなにおいを漂わせて長く吐きだす息。いや、難しくないはず。相手は強くて体格の大きな男じゃない。眠ってしまえば、力をなくした獣にすぎないわ。小さな穴をいくつか空けるだけで死んでしまう、ひ弱な獣。彼女は、大きな出刃包丁を持ってきた。ぐっと力を入れて、垂直に握りしめてみる。重くて持ち慣れず、手が滑る。包丁を置き、干からびたリンゴの皮のそばにある果物ナイフを手に取った。持ちやすい。何でも切り刻めそうだった。彼女は枕にペンでバツ印を三か所つけ、一回ずつ突き刺してみた。最初は鈍い音を立てるだけで、うまく刺さらない。もう少し力を入れて突いてみる。ぐさり。今度は力が入りすぎて、ナイフの刃が床まで達した。次はリズミカルに刺してみる。すばやく、強く。ぐさっ、と突いて、難なく抜けるナイフ。彼女は、父親の首筋をまじまじと見つめた。宙に黒いバツ印を三つ作り、突き刺す自分を幾度となくイメージしてみる。そして、ついに三回連続して突き刺した。はっと目を覚ました父親は首に手をあて、幼虫のようにのたうち回った。彼女は逃げようとしたが、父親が起き上がれないことに気づいた。死が徐々に体を支配していくときも、父親は酒と眠りに酔いしれていた。部屋の仕切りに腰を下ろした彼女は、父親の首筋から流れる血が布団に吸いこまれていく美しい光景を鑑賞した。四歳になる弟は、横向きになってぐっすり眠っていた。姉さんの気持ちがわかるよ、と呟きそうな無邪気で涼しい面持ち。彼女は弟を抱きかかえ、明け方に家を出た。まもなく、背後の家は燃えあがる炎に包まれた。彼女は、すやすや眠る弟の耳元でささやいた。「愛する弟よ、わが息子よ。わたしがお前を守ってみせる。なにも心配しないで。決して誰にもお前を苦しめさせない。もしそれがわたしなら……わたしを殺す」。目を閉じた彼女の瞼が、小刻みに震えていた。

ヘギョンは、鏡に映る自分を見つめた。いつの間にか肌はたるみ、しわが刻まれている。白みを帯びはじめた毛髪。弟の面影を探してみる。目元と鼻が似ていて、笑ったときにできるえくぼも同じだ。工場からの帰り道、はるか遠くの岩の上から手を振っていたあの子。白く透き通った体の隅々まできれいに洗ってから、小さな傷やあざがないかチェックして薬を塗ってやった、美しく輝いていた日々。手の平にたこができて皮膚がはがれ落ちるほどのつらい仕事とおぞましいにおいのなかでも、弟のことを思うと耐えられた。あの子を育てることが、あの子を守ることが、生きる理由だった。弟の存在を知った者には注意の目を向け、弟について訊ねてくる者を警戒し、弟に対して疑問を抱く者の名前と顔を記憶した。どんなに避けても弟に近づこうとする者は殺した。たとえ自分に好意を抱き、親切にしてくれた人だったとしても。わたしはそれを貫きとおした。女は、鏡の向こうでぼんやり揺らめく弟に語りかけた。

「ヘジュン、わたしは怖かった。お前じゃなくて、このわたしが。いつからかお前の体が敏感になりはじめ、息づかいも荒くなった。お前の澄んだ瞳、きれいなまつ毛。そこに初めて光が宿りはじめた。わたしはその意味に気づいて怖くて震えたけれど、お前はどこまでも無邪気な少年だった。欲望と衝動に魂を抜かれたその瞳を見て、わたしは初めてお前に体を隠した。互いの体で探し絵をするように、傷やあざを探して、触れて、体をチェックしている間に、お前の体はすっかり成長していたの。見せてほしいと何度もせがむお前を、わたしはいつも叱っていた。それから、お前が殺めたものを涼しい顔で見せてきたときも、違う意味で怖くなった。愛するお前の顔から、わたしがもっとも憎んでいる二人の面影が重なりはじめたから。父親に似てきたお前の目から、わたしと同じ呪われた気性を見つけたとき、ふいに未来のお前とわたしの姿が見えてしまったの。残酷で、とても悲しくてつらかった。そのとき悟ったわ。父親と同じように、わたしがお前を殺すだろうと。きっと殺してしまうだろうと。そうでなければ、お前がわたしを殺すことになる。だから家を出たの。お前を傷つけたくなかった。だれであろうと、お前を傷つけてはならないのだから」

おぞましい感情が込みあげてきた女は、手の平で鏡を隠した。あの子を置いて家を出たときのことが蘇る。わけもわからず、悲劇を予感したような表情を浮かべながらも、最後まで泣き出さなかったあの子。いつかは代償を払うときがくるとわかっていたけれど、こんな形になるとは思ってもみなかった。眩暈を覚えた女は、流し台に手をつき、しばらく寄りかかって目を閉じた。瞼の奥の暗闇が、かき混ぜられるコーヒーのように黒い流れを作り、渦を巻いていた。だけど、ここで諦めるわけにはいかない。刑罰ならわたしが受けるべきだ。あの子はなにも知らないし、なにも悪いことなんかしていない。寂しかったからだ。腹が立ったからだ。子どもだから。まだ子どもなんだから。女は呪文を唱えるように呟いた。明日から権力のある人を訪ねて、助けてほしいとお願いしよう。可哀想な弟が、なぜあんなことをしてしまったのか、ちゃんと説明しなきゃ。死刑制度の賛成派団体を訪ねて、誤解を解こう。温かいお茶を出しながらちゃんと話すの。法務大臣や大統領にも手紙を書かないと。必要なら、インタビューだって受けるわ。

濡れた手を拭いた女は、リモコンを手に取った。ニュース速報が流れていた。赤いフレームにくっきりと刻まれた白い文字。〈死刑囚四七四番、刑務所長を殺害未遂〉。チャンネルを変えた。案の定、同じ速報が打ち出されていた。「数日前、死刑執行を求めていた死刑囚四七四番が、予告どおり、刑務所長を殺害しようとしました。刑務所長は気管が切れるほどの重傷を負い、すぐに集中治療室に運ばれました」。震える指で、再度チャンネルを変えた。「一体どれほど犠牲者が出れば、刑は執行されるのでしょうか。今、多くの国民が極悪非道な殺人犯に憤りを覚えています。法務大臣は、具体的なコメントは控えたものの、社会的関心の高い事案であるため、近いうちに正式に発表すると述べました」。女は、テレビから流れる言葉をぼんやりと聞いていた。凍てつく風が吹き荒れる、一面真っ白な野原。乾いた枯れ枝で火を起こそうとしたことがあった。枝は、少し力を入れただけでもポキッと音を立てて折れてしまいそうなほど乾燥していた。どんなに手をつくしても火はつかない。小さな炎は風に吹かれては消え、風がなくてもなぜか炎はしぼんでしまう。どうしても火はつかず、一筋の長い煙だけが空へのぼっていったとき、女は思った。自分の力ではどうしようもないこと……どうあがいても報われない運命があるということを。雪の積もった野原は、火を望まない。あの日の諦め、あの日の無力感、あの日の悲しみ、あの日のやるせなさ。悲痛な思いで受け入れるしかなかった妙な悟りが再び蘇り、女はその場に座りこんでしまった。

四七四番への死刑執行命令が下された。刑務官たちは、机に置かれた文書を読みながら、静かに立ちつくしていた。チェ刑務官は入念に目を通し、たばこを一本取り出して口にくわえた。パク刑務官は、困り果てた表情で頬のできものを指でいじった。

「いや、こんなことになったら困る。今後の矯正プログラムの予定が狂ってしまうじゃないか」

たばこの煙を吐いたチェ刑務官が、煙を手であおぎながら咎めた。

「この期に及んでも、状況がわからないんですか。当分の間は、矯正とかそういったことは控えてください。病院送りになったのは、所長じゃなかったかもしれないんです」

パクは、いらついた表情で答えた。

「俺がなにか間違ったことでも言ったか。いちいち突っかかってくるなよ。所長があんなことになったのは俺のせいだって言いたいのか。ただでさえ、あのいかれた野郎のせいで頭に来てるんだから、ねちねち文句つけてくるなよ」

「そもそもアン・ウンソクのようないい加減な牧師なんかに会わせなかったら、こんなことにはならなかったはずです。アンは今どこにいるんですか。一度話を聞こうじゃありませんか。きちんと問いただすべきでしょう」

「俺だってこんなことになるなんて思ってもみなかったんだ。アンとも特段仲がいいってわけじゃないし、今どこにいるかなんてわかるわけないだろう。言われなくたって何度も電話しているのに、あいつはぜんぜん出やしない。どこかでくたばっているに違いないんだ」

「だから言ったじゃないですか。インタビューとかなんとか言いながら得意顔をしておいて、結局何一つコントロールできていない。所長、気管と声帯がだめになったそうですよ」

言い返す言葉もなく、面食らったパクがユンを睨んだ。

「おかしなこと言うなよ。もともとは、担当のユン、お前の責任だろう?」

チェが、口にくわえていたたばこを投げやりに紙コップに突き刺した。

「先輩、そんな言い方ないでしょう。ただでさえこの件で濡れ衣を着せられたのはユンなんです」

刑務所長が入院し、ユンは懲戒処分を受けた。三か月減俸され、職務が変わり、別の刑務所への異動命令が下された。ユンはうつむいたまま、黙って文書を読んだ。そして帽子を目深にかぶり、事務所を出た。

晩冬。冬枯れの木々が風に揺れる、二月の曇り空の午後。受刑者は、運動場で思い思いに過ごしている。ユンは、ベンチに座ってその様子を眺めていた。ある者は、塀に沿って機械的で規則的に歩いている。その姿は、水たまりの水面をなんの目的もなく動きまわる昆虫のように熱心で静かだった。ボールを蹴り、筋力をつけ、会話を交わし、騒ぎあっている間も、太陽は決まった軌道に乗ってゆっくり傾いていく。刑務所の正門を出てすぐ、彼はヘギョンの姿を目にした。長時間そこに立っていたのか、頭と肩に雪が積もっていた。毎日のように面会申請をしていたが、刑務所の許可が下りることはなく、四七四番も一切の面会を拒否していた。ユンは軽く会釈をして通りすぎようとしたが、女が彼の手首を摑んだ。

「お願いがあります。お話ししたいこともあるんです」

彼はなにも話したくなかったし、なにも聞きたくなかった。いつの間にか、彼らの病的な関係に深く介入しすぎていた。いつだったか、チェが話していたおかずにされるとはこういうことだったのかと悔やんだりもした。しかし、顔色が悪く疲弊しきった女の様子と、奥まで透けるようなその瞳を見ていると、話を聞きたい衝動に駆られた。暗い好奇心と、もう振りまわされてはならないという二つの感情の間で揺れ動いていたとき、女が再び口を開いた。

「お困りなのはわかります。次のバス停まででいいんです、一緒に歩いてもらえませんか。それくらいの時間で構いませんので」


二人は、人通りのない荒涼とした国道の端を歩いた。体を左に傾けながら歩く女の横顔に、ユンはためらいながら切り出した。

「ニュースでご存じでしょうが……もうすぐ死刑が執行されます」

女は唇をきつく結び、ひたすら前へ前へと歩いた。彼は力なく呟いた。

「残念です」

遠くから貨物トラックが現れ、轟音を発しながら猛スピードで通りすぎた。

「あの子は、今もわたしを憎んでいますか」

「担当から外れたので……わかりません」

ユンは言葉を濁したが、再び口を開いた。

「あの男といろいろ話したわけではありませんが、わたしの印象では、憎しみではありませんでした。むしろ、その反対でしょう」

「ユンさん、人は秘めごとを残してこの世を去ります。そのほとんどは自分のものじゃない、残された者の秘密です。弟とわたしは、孤独で複雑な人生を送ってきました。いろいろありましたが、事実をありのままお話しすることはできません。わたしも弟に話せなかったことがありますし、あの子だって同じはずです。担当は外れても、お願いできるのは、ユンさん、あなたしかいないんです」

女はポケットから手紙を取り出し、ユンに差し出した。彼はなかなか受け取れず、困り果てた目で手紙を見つめるだけだった。

「これを渡してください」

彼は返事をしなかった。バスが速度をゆるめ、停留所の前でゆっくり止まる。女が言った。

「お願いです」

13

扉が開いた。ユンが入ってくると、四七四番の瞳にかすかに光がよぎった。しばらく硬い表情で男を見ていたユンは、男とやや距離を置いて扉の前に腰を下ろした。新しい担当刑務官に頼みこんで設けた時間だった。しばらく押し黙ったまま、男の様子を目で確かめた。

「具合はどうだ？」

男は、半分ほど閉じた目と憔悴した顔に、柔らかな笑みを浮かべた。あの日、所長の首に噛みついたことで、男は数人の刑務官によって物理的な暴行を受け、体中に傷を負った。それでも治療や保護をまったく受けられないまま、半月以上ここに閉じこめられていた。一目見ただけでも、具合が悪いのは明らかだった。あの傷の一部は、俺によるものだろう。ユンは思わず唾を飲んだ。男が、腫れあがった唇を動かした。

「心配いりません。感覚が鈍くなったような感じがしますが、痛みはまったくありませんから。知っているじゃないですか」

男はその言葉がおかしかったのか、口元を手で隠しながらくすくす笑った。

「なにか食べたのか」

「食欲がないので。食べるときもあれば、食べないときもあります」

ユンは肩にかけていたカバンを下ろし、あるものを取り出した。保温された大きな弁当箱だった。ふたを開けると、独特の生臭さが広がった。男は反射的に眉をひそめた。ユンは、茹でた大きなワタリガニを差し出した。まだ温かく、かすかに湯気が立っている。男は不思議そうに赤い甲羅を見ていた。見知らぬ者に肉を与えられて思い悩む犬のように、探るような目でカニとユンを交互に見つめた。ユンは軽く肩をすくめた。

「旬は少し過ぎたが、それなりに美味いはずだ。遠慮なく食べてくれ」

男はひとしきり黙っていた。狭い部屋にカニのにおいが充満していた。

「どうやって食べるんですか」

ユンは、食べやすいようにカニの足を折り、はさみで関節を切った。甲羅をはがし、食べられない部分は取りのぞいた。男は適当に切り分けられたカニの足を食べはじめた。殻についた身を残さぬよう、熱心にゆっくりと、そして丁寧に食べた。甲羅の身は指で取り、足の身は音を立ててしゃぶった。その間、一言も発することはなかったが、ときおり満足げに唸りながら、とても美味しそうに食べていた。食べはじめて十分も経たないうちに、殻だけが残った。

「ああ……美味しい。最高に、美味しかったです」

男は目を閉じ、指を一本ずつ舐めて幸せそうに微笑んだ。そして、なにかを思い出したように問いかけた。

「一つ、訊いてもいいでしょうか」

ユンは頷いた。

「どうです？　好奇心は、満たされましたか」

「え？」戸惑ったユンは、こちらをまっすぐ見つめる男の目を見返した。そして思わず姿勢を正した。

「最初担当官を見て、どうしようか迷いましたよ。これまでわたしに近づいてきた人を、一度だって生かしておいたことはありませんでしたから」

ユンは唾を飲みこみ、拳を強く握りしめた。

「でも、いつの間にか、担当官のことが気に入っていました。魅力というか、そんなものを感じて」

「そうか。じゃあ、俺が感謝しなきゃいけないのか」

「はい、そうです」

「……ありがとう」

「わたしも、ありがとうございました」

ユンは、カニの殻と空になった弁当箱をビニール袋に入れ、固く封をした。男は頭を下げて一礼をし、ユンも軽く会釈をした。扉を開けて出ようとしたとき、男が声をかけた。

「あの」

ユンは、扉を手で摑んで振り向いた。

「今もあの女が来ますか」

ユンは頷いた。

「じゃあ、すべてのことが終わったら、伝えてもらえますか。美味しかったと。それだけ伝えてください」
ユンは無言で頷いた。男は、これまでで一番大きな笑顔を見せた。白い歯がそろっていて、左頬にはあどけないえくぼが深く刻まれていた。ユンは、ポケットに入れていた手紙をそっと床に置いた。そして扉を閉め、その場を後にした。

ヘジュン。お前を置いて出ていった一週間後、わたしは家に戻った。お前の姿はなく、石のように凍りついたカニだけが残っていた。お前を探しに出かけた。大雪が降った日で、雪原を歩きまわったわ。立木をお前かと勘違いして走り寄ったりしてね。ノロジカの足跡を追ったりもした。さまよい続けて涙は凍り、その氷をまた涙が溶かす。そんなことを繰り返すうちに、顔が凍りついてひび割れてしまった。日が沈み、星も月も見えない晦日の夜。黒い闇に包まれて、わたしは水中を這うような気持ちで、かろうじて村に戻ってきたの。靴と靴下を脱ぐと、左足の五本の指が黒ずんでいた。お湯に足をつけてみたけど、いつまで経っても親指以外は元には戻らなかった。その四本の指は魚みたいで、姉さんは一人で笑ってしまったわ。お前にあれほど気をつけるように注意していたわたしが、そんな小さな過ちをおかしてしまうなんて。油断、いい加減さ、無力感。そして気づいたの。感覚はなくても、このまま放っておけば、全身に黒い斑点が広がるだろうということを。だから、足の指を切ることにした。一本ずつポキポキと切ったとき、どれほど清々しくてすっきりしたことか。体のなかに風が吹いて、澄んだ水があふれ出すような気分。風に乗って空を飛びたい、水のなかを泳ぎたい。そんな気持ち、お前はわかる？　このまま全身を切り分けてジョキジョキ切り刻めば、お前を恋しがる気持ちも、申し訳なさや、罪悪感や、複雑な思いもすべて消えてなくなりそうだったから。罪の意識。心の奥にある、間違ったことすべてを詰めこんだ箱も、なにもかもなくなるような気がした。そうすれば肉体はなくなって、この疲れきった心も、雪が解けるようにすっかり消えるだろうと。そうなればどんなにいいだろう。包丁の刃先をへその上に立てて、長い間じっとしていた。鋭い衝動を感じた瞬間、お前のことが思い浮かんだわ。今、お前も同じ気持ちかもしれない、そう感じた。わたしたちはつながっているから。わたしがそうしたら、向かい側のどこかにいるお前も同じことをするような気がした。だから耐えたの。そして、もう二度とこんなことはしないと何度も自分に言い聞かせた。だけど、お前は死を選んだ。お前もわたしも、これまでとてもつらかった。もし望むのなら、そうする必要があるなら、この生を終えなければならないのかもしれない。ヘジュン、お前の名を呼んで三時間経つけれど、一行も筆が進まない。腹が立つ。叱りたいし、問いつめたいし、謝りたいし、泣き叫びたい。だけど耐えてみせる。大丈夫だから、怖がらないで。外にいるから。姉さんが、母さんが、最後までお前のそばにいるから。

14

二月末日。雲一つない澄みわたった空。刑務所の前に報道陣が詰めかけていた。人権委員会や宗教団体の関係者、そして神学生たちが、スローガンを叫んでいる。

「犯罪率に関係のない死刑制度を廃止しろ」

「殺人は悪いと言いながら、なぜ殺人を犯すのか」

「そこに議論はない、あるのは罰だけだ」

向かい側では、正体不明のいくつかの団体が、相反するスローガンを叫んでいる。

「罪人を裁け」

「すべての死刑囚に死刑執行を」

「被害者の涙を拭こう」

ヘギョンは、その様子を遠くからぼんやり眺めていた。耳元をかすめては消えていく声。真剣な面持ちの人々。熱狂的な人々。愛にあふれる人々。女は振り返って、刑務所の建物を見た。あのどこかにヘジュンがいる。怖いだろう。恐ろしいだろう。女は、持っていた高麗人参ドリンクの袋をぎゅっと握りしめた。しばらくして現れた刑務官がなにかを発表したとき、一斉にフラッシュが光り、人々が声をあげた。歓声なのか、唸り声なのかわからない異様な声。ゆっくりと音が遠ざかり、耳が詰まったような静けさだけが残った。まるであたりが真空状態になったかのように。女は、冷めたドリンクの袋の先を歯で噛み切った。そして、弟には話さなかった射手座の神話の結末を思い出した。愛する弟子の一人がヒドラの毒のついた矢を放ったとき、あろうことかその矢は弓の名手の太ももに刺さった。それは過ちだったが、大半の過ちと同じように、致命傷となった。不死身だった彼は、一生その痛みを抱えて生きることになった。身を切られるような痛みを抱えた不死の体。彼はその痛みに耐えられず、永遠の命を他者に譲り、自ら死を選んだ……。女はドリンクを飲んだ。黒々とした冷たい液体が、食道を通り、内臓へと流れてゆく。女は考えた。彼は、どんな気持ちで死を迎えたのだろう。苦痛が消えて、幸せだっただろうか。それとも、迫りくる死を前にして、苦しかっただろうか。女は口元を押さえ、息苦しさを静めて空を見上げた。澄みわたった空を颯爽と飛びゆく名も知らぬ一羽の鳥。ひょっとしてあの矢は……。わたしが放ったのかもしれない。もうすぐ冬が終わりを告げる。手がしびれる。お前の頭をなでてやりたくて。お前を抱きしめてやりたくて。これが痛みというものなのか。

作品解説

悪には沈黙する権利がない

パク・ヘジン

リスクを受け入れることが、優れた小説の基準ではないだろう。しかし、すべての優れた小説はリスクを受け入れている。文学の世界でリスクを受け入れるとは、なにを意味するのだろうか。著者と読者との間に、正式に認められた道がないということだ。著者は読者の道筋をコントロールできず、読者は著者の目的を予測することができない。著者のいないところへ読者は行き着き、読者のいないところへ作家が出発したであろう可能性。要するに、誤読の可能性があるということだ。『幽霊』を読みながら、わたしは直感した。この小説は、リスクを受け入れていると。真実に達するために誤読の道が必要なのだとすれば、それをも引き受けるという意思。それは勇気である。著者の勇気が、優れた小説の基準ではないだろう。しかし、すべての優れた小説は、著者の勇気が必要である。悪人の人生が描かれたこの作品は、誤読の道が開かれている。その道をふさぐことがわたしの役割ではない。そこで立ち止まることのないよう合図を送ることこそわたしの役割である。

著者の勇気が作品を読んだ他人の勇気を通じて完成されるのなら、一昔前のような使命感まで抱きながら、その役割に熱中させてくれるこの作品は、優れた小説であるだけでなく、完成された小説であるとも言えるだろう。

『幽霊』は、極悪非道の殺人を犯して収監された死刑囚四七四番と、その男に好奇心を抱く担当刑務官ユンについて描かれている。作中で起こる最も大きな変化は、犯罪者四七四番のベールが明かされていくことで、不遇な少年時代を送って傷ついた人間、シン・ヘジュンの姿が明らかになっていくという点だ。ストーリーが進むにつれて四七四番に関する情報が増え、彼の悪は「悪魔としての純粋さ」を失う。このプロセスは、ある種の不快感をともなう。悪の内面をありのままに描き、不遇だったその成長過程を示すために、これほどまで多くのページを割いた著者の意図を前にして、悪魔の弁護人という言葉が思い浮かぶのはしかたのないことである。前述した誤読の別れ道も、まさにここにある。著者は許されることのない悪行にも、察するに値する理由があると主張したいのだろうか。目に見えるできごとを因果的につなぎ合わせて結論を下してしまいたいという誘惑に駆られるのも事実である。しかし、悪人の過去を明かして彼の悲劇的だった環境を示すことが、悪を正当化することにはならない。彼には法にかなった最大限の刑罰が下されている。四七四番に対する司法的判断が下されたところからこの小説がはじまっているという点は、著者のテーマが具体的な犯罪行為や彼への処罰とは距離を置いていることを示唆している。核心は、罪と罰ではない。このすべての情報の発信地は、監禁された悪を刺激し、封印された記憶を引き出そうとするユンの思考と行動である。ユンはなぜ四七四番の心理に興味を抱いたのか。すべて終わった話になにを付け足そうとしたのだろうか。

「悪」という言葉には、それ以上の問いを封じこめる終わりのイメージがある。合理的な思考体系では理解できない逸脱した行動であり、論議の対象になりえない、異常で非常識な意識として悪を規定すると、言うまでもなく悪への視線は限定されることになる。それを少しでも理解するということは、自らが悪であると認めることにほかならないからだ。だれであれ、悪の理解者として見なされたくはない。そうなると、悪は理解できないものである前に、理解してはならないものになる。悪の正当化は、むしろここにある。「頭のいかれた野郎」、「獣」、「悪魔」、「サイコ」。理解できない怪物として線引きし、それ以上の思考を止めるのは容易である。それと同時に、悪を再生産することにもつながる。「この世で一番恐ろしい奴がどんな奴だかわかるか。（……）残忍な奴？ 殺人犯？ サイコパス？ いや、そうじゃない。なにを考えているのかわからない奴だ」（十一ページ）。四七四番に好奇心を抱くユンに、先輩刑務官のチェが語った言葉である。間違いない。なにを考えているかわからない奴がもっとも恐ろしい。しかし、だからといって知らぬままにしておくことこそ、悪に匿名性を許し、沈黙を認めるという欺瞞に満ちた態度である。絶対的な善と同じように、絶対的な悪も想像の産物である。四七四番の話は、違和感を覚え、おぞましく感じられる点もあるが、ありふれていて理解できる部分もある。悪は、わたしたちの知らないもので作られた外界ではなく、わたしたちの知っていることがわからない形で入り混じった限界だ。この作品は、悪の口を開かせ、彼の沈黙を阻止している。悪の実態は明らかにされるべきだ。悪を許すためではなく、悪に対して愚かな存在にならないために。

―悪は生まれ持ったものだという考え

「一つお話しましょうか。弓の名手になるという運命を背負って、一人の男が冬の日に生まれました。幼い頃から狩りが得意で、多くのものを殺めたそうです。なにかを捕まえて命を奪うこと。それが好きだとか、望んでいたわけではなかったのですが、腕が抜群だったので、いつの間にかそれが仕事になりました。プロ級の殺し屋で、何一つ痕跡を残さなかったし、失敗することもなかった。殺した相手は記録には残りません。未解決事件や事故として残るだけです。奴がなにかをじっと睨みつければ、倒れないものなどありませんでした。その目は見誤まることなどないし、目つきはナイフのように鋭いんですから」（十八―十九ページ）

四七四番は運命論者だ。自らについてはじめて語るとき、彼は自分が弓の名手になるという運命を持って生まれたと話す。好きだとか望んでいたわけではなかったが、単に腕がよかったため、つまり、生まれつきその才能に恵まれていたため、相手がだれであろうと倒してきた「彼」とは、もちろん四七四番本人のことだ。彼の主張によると、悪は天から与えられるものである。逃れられない生の条件に従って生きてきたという運命論は、罪悪感や罪の意識を持たない彼の態度を合理化する。作品全体にわたって彼は、自身を圧倒する運命のしがらみがあると語っている。これは、悪に対する観念でもっとも広く知られている運命論的な世界観である。この運命論的な立場は、悪が悪を正当化する手段であると同時に、容易に拒むことのできない人間の条件でもある。この作品において、運命は認められてもいないが否定されてもいない。例えば、運命的だといえる手がかりがいくつか示されている。四七四番は、先天性の無痛覚症を患っている。無痛覚症とは、文字通り、体の痛みが感じられない疾患だ。自分の痛みが感じられないということは、他人の痛みがわからないことへの強力なアリバイとなる。

姉であるシン・ヘギョンとの同一性は、運命論にさらなる重みをもたらしている。病気は、姉と四七四番に共通している。二人に同じマイナス条件が与えられたという設定は、血縁によって象徴される運命論に、再び肯定のサインを送る。苦痛が感じられないのは、さまざまなリスクから身を守ることのできないハンディキャップであるため、姉は弟に常に体の状態をチェックするよう言い聞かせる。しかし、実際の彼は、姉が教えることのなかった、姉としては永遠に知られたくない「本質」を姉と共有している。殺害への誘惑、死の衝動である。弟が動物を殺めることに何の罪悪感も抱いていないことを知った姉は、彼の前から姿を消す。姉もまた、十九歳のときに父親を殺したことがあったからだ。四七四番が四歳のときのことだ。彼は自分のなかにある悪の根源を父親に見出そうとするが、姉は自分自身がその根源であることを受け入れ、彼の元を去る（姉は四七四番の母親であることが暗示されている）。一見したところ、実行された殺害からは二人に同じ呪いがかかっているように見える。しかし、彼らの予感はどこか釈然としない。彼らに共有している環境の類似性に目を向けることなく、単なる血縁に原因を見出そうとしているからだ。

四七四番の不幸が、弓の名手になるという運命を生まれ持っていたためなのか、弓の名手になるという運命を受け入れたからなのかはっきりしない。ただ、運命かどうかが不透明なのとは対照的に、運命に対する彼らの態度は明確である。彼らは、自分たちの現在が、定められた運命の現れだと信じている。運命という見たことのない過去から、未来への根拠を探る。姉のへギョンは、弟が自らの暴力性について告げたとき、「なぜか」とその理由を訊くことはなかった。その告白は、助けてほしいというサインだったもしれないのに、運命論に依存していた彼女は、現実から目を背けるためにそのサインを払いのけたのである。「なぜか」と訊くことは、彼の話に耳を傾けることのみならず自らにも問いかけなければならない、苦しくて果てのないことだったからだろう。彼らは、自らの人生に漂う悲劇の影を疑うことなく受け入れる。まるで待っていたかのように進んで受け入れる。運命の存在は阻むことができない。しかし、人間は運命を拒むことができる。善悪を決める法廷があるのなら、不幸の波の前で一度も拒否の意を示さなかった彼らに有罪を宣告するだろう。悪は運命ではない。運命に対する態度である。

―悪には理由がないという考え

「一体なぜそんなことが起きたのか、理由はなにかと問いかけても、答えは返ってこない。最初から理由などないからです。意図も、目的も、ない。つまり、一部の人間にとって彼は、自然のような存在なんです。彼には意図などありません。なにかを殺したいという欲望もないし、それによって得られる快感も求めていない。ただ殺すだけ。憎悪を抱く人もいないし、愛する人もいない。だから復讐などしないし、誤解も生まれない。豪雨が、大雪が、雷が、クマが、人間に罪悪感を抱く必要がありますか。シカの息の根を止めたライオンが、自分を生んだ神に許しを請《こ》うことはないでしょう。ただ食べるだけです。本性とはそういうものです」(二十ページ)

悪に対する固定概念の一つに、無意味、つまり自然のイメージがある。悪には一切の理由がないという立場である。悪行に理由がないゆえに、それが起こった理由を問うこと自体に意味がないという考え。無意味としての悪は、わたしたちをもっとも無力にさせる。監禁などの社会的な処罰は、人間が羞恥心のある存在、自由を渇望する存在、死への恐怖を抱く存在であるという前提の上に成り立つ。羞恥心がなく、自由を求めず、死を恐れない人間に、本質的な意味での処罰は不可能である。死を望むものの自死できず、自ら進んで逮捕された四七四番の死刑執行を巡ってユンが提起した疑問は、悪の無意味がいかに恐ろしいものであるかを物語っている。「でも、どこかおかしくないでしょうか。死ぬためにここに来た者を死刑にするって……。いや、それしか方法はないんでしょうけど、虚しいというか。皮肉にも、わたしたちが殺人犯の要求を聞いてやっているような気がするんです」（六十七ページ）。自然現象に理由がないように、悪にも理由がないという考え方を受け入れるのは、悪を受け入れることとまったく同じである。ここで一つの疑問が浮かぶ。悪には本当に理由がないのだろうか。

自らを自然に例える四七四番の考えは、さほど信じるに値しない。彼は、姉に捨てられた記憶のトラウマから抜け出せず、人とのつながりのない人生、つまり怪物となる人生を選んだ。怪物として生きていこうとする彼を利用する者もいる。「小心者はわたしを通じて強くなり、恨みを抱えた者はわたしを通じてその恨みを晴らしました。わたしは、その代価で生きてきました。調査官が、わたしのことを『幽霊』と呼んでいるのを聞いたことがあります。そう、存在を隠してこそ存在できる人間。それがわたしでした」（九十ページ）。抜け殻になった彼は、欲望を叶えるための道具として利用されるよう進んで協力した。指紋が登録されておらず、住民番号もないからではなく、他人の欲望を照らす道具としてのみ存在していたからこそ幽霊なのである。幽霊は実態がないから悲劇的なのではなく、他人によってのみ実態を持つ空っぽの存在であるがゆえに悲劇的なのである。姉も同じ痛みを抱えていたことを知った四七四番は、ようやく死にたくないと告げる。無意味としての悪、自然現象としての悪を翻す決定的な場面である。悪には理由がある。それも、あまりにも多くの理由が。

四七四番に焦点をあてて、彼の深淵をのぞくことに集中しているこの作品は、次第にズームアウトし、彼を取り巻く人々にスポットがあたる。分散された視線が最初に集まるのがユンだ。ユンは悪に対して「なぜか」と問う。しかし、ユンもまた、内面に悪への魅力を抱いているという点が、わたしたちを再び混乱させる。それは、他人の目を引くほど表面化されていない隠れた形ではあるが、四七四番へのユンの好奇心は、対岸の火事としての視線とは異なる。四七四番とユンは、善悪の基準できちんと区別されていない。ユンの存在は、悪に対するわたしたちの認識をかき乱す。ユンは、悪魔の種なのか。わたしたちはユンの感情を何と呼ぶべきか。この作品は、四七四番が何者とも関係を持たない悪の存在からはじまり、血縁と非血縁など、彼が見過ごしたり意味がないと考えていた関係をあぶり出すことで、悪に対する四七四番の主張に異議を唱えている。これほどまでに律儀な検証の描写は、ある日生まれた突然変異としての悪に亀裂を入れる。ユンは隠れた悪かもしれず、ヘギョンは悪の片腕かもしれず、雇われの殺し屋は悪のパラサイトかもしれない。要するに、四七四番を取り巻く関係は、それ自体で悪の歴史だ。この作品は、悪と悪人に対するチョン・ヨンジュンの存在論的報告書なのである。

─砕氷船の姿勢

読者のなかには、小説の書き出しを覚えている人もいるだろう。「凍った海を見たことがありますか。凍りついた海面を割って、ゆっくり進んでいく砕氷船は?」(七ページ)。この作品は、砕氷船の話からはじまる。小説を読んでいる間、砕氷船が頭から離れなかった。氷と冬のイメージで満ちているこの小説において、砕氷船の場面は、きわめて外側にある声である。四七四番の声を借りてはいるが、著者の声と考えても問題ないだろう。この問いへの答えが作中に見つからないからだ。表面的にはユンに向けられた四七四番の問いかけは、わたしたちが代わりに答えるのを待っているのではないだろうか。わたしの場合、砕氷船はもちろん、それに類似したものさえ見たことがない。しかし、海面の氷を砕きながら航路を切り開いてゆくその姿には、頑なで愚直なイメージがある。悪に好奇心を抱き、その実態を明らかにしようとすることは、いまだ成し遂げられていない、人間の深淵の凍りついた航路を切り開くことにほかならない。氷を砕く砕氷船のように、この作品は、悪として象徴されるわかり合えない存在の前でも、一歩一歩全身で道を築いていく。ゆっくりと、しかし、正しい道へと進んでゆくこの愚直な姿は、著者チョン・ヨンジュンの文学にも似ていて、まったく違和感がない。

チョン・ヨンジュンは、悪のモチーフを変えながら人と人の間にある、凍りついた深淵の航路を切り開いてきた。この小説では、きわめて全面的に悪が扱われている。悪に対するありふれた誤解の一つは、知れば理解でき、許せるようになるという仮説である。本当にそうだろうか。大半は、その反対ではなかろうか。例えば、アウシュビッツ収容所で起こった残酷な大量虐殺の実態について知れば知るほど、その当時のあらゆる選択や行動も正当化できるものではないと確信を持つようになる。過去の歴史だけではなく、身近なところで起こる出来事もそうだ。長きにわたって行なわれてきた親族による性暴力や、学校で起こった集団暴力やいじめについて知れば知るほど、「それ相当の理由があった」、「被害者側にも原因がある」などといった二次加害に加担しない可能性が高まる。実態を明らかにして、説明することにより、さらに鋭く冷静な判断が可能になる。何よりも、知らなければ非難することも批判することもできない。悪が理解できない領域なら、わたしたちは悪に対して限りなく無力な存在にすぎないだろう。四七四番がシン・ヘジュンとなっていく過程でわたしたちが感じる居心地の悪さの根底には、シン・ヘジュンからどこか慣れ親しんだ感情が見受けられるからだろう。わたしたちと完全に異なる存在ではないことからくる拒否感は、小説の真意から目をそむけたくさせるかもしれない。しかし、わたしたちは目をそむけてはならない。著者が逃げることなく書き綴ったように、わたしたちも逃げることなく読み進めなくてはならない。悪魔には沈黙する権利がなく、わたしたちには悪を知らない権利はない。

知りたくないというわたしたちの惰性は、攻撃され続けなければならない。エッセイ『わたしは加害者の母親です』では、苦悩しながらも悪の内面を見つめた跡が垣間見える。三十七人の死傷者を生んだアメリカ・コロンバイン高校銃乱射事件。その加害者の両親が記した懺悔録であるこの書籍は、衝撃的な事件を怪物の逸脱的な行為として一蹴し、悪に無知でいたくなる心を逃がさない。真実は、複雑でぼやけている上に、身近にあって日常的ですらある。平凡な日常のなかで、悪が育まれたという事実を受け入れるのが苦痛であるように、十二人を殺害し、実際にはそれよりもはるかに多くの人を手にかけ、そして今では死ぬために自ら進んで逮捕された殺人マシーンの人生から、嫌悪のみならず憐れみまで抱くわたしたちは幾度となく試されているのだ。四七四番に引きずられまいと心に誓うユンと同じように、わたしたちもまた、根拠のない憐れみを抱きはしないと心に決めて必死に闘う。小説が終わりを迎えたとき、四七四番に対するそれぞれの判断は、すべて異なるだろう。また、頭が混乱して判然としないかもしれない。しかし、確実なのは、事情が少し複雑になったということだ。わたしたちを導くのは、明らかな偽りより、ぼやけた真実でなければならない。知らないままでいい悪などない。怪物は知らなくてもいい理由ではなく、知らなければならないという警告なのである。

訳者あとがき

いつの間にか物語に引きこまれ、ページをめくるごとに考えが巡り、衝撃の結末に息をのんでいる方もいらっしゃるかもしれない。かく言うわたしも、その一人だった。自分のなかの善悪を見つめるとともに、死刑制度のジレンマや運命論などさまざまな問題を一気に突きつけられたような気分。あらゆる感情が押し寄せてきて、いつまでも思いを巡らせたのを昨日のことのように思い出す。

韓国で二〇一八年に出版された『幽霊』は、匿名の存在として生きてきた死刑囚の男・四七四番を主人公にしたサスペンス・ストーリーである。十二人を殺害した罪で収監された男は、殺害動機やこれまでの人生について多くを語らず、一審判決を受け入れ、死刑を早く執行するよう求めるという謎に包まれた人物である。さらに、ときおり鋭い眼差しと異様なオーラを放つ姿や、自身の体の傷には異常に神経質である面など、不気味で摑みどころがない。担当刑務官のユンは、そんな男に特別な好奇心を抱き、男の知られざる過去を紐解いていく。一方、シン・ヘギョンという女性が連日のように男との面会を申し込むが、面会理由も男との間柄も明かさない謎めいた人物である。彼女との再会を機に、凍りついていた男の心はマグマのように熱く動きはじめる。

本作は、登場人物それぞれが内面に抱える悪や苦しみ、そして人間の複雑な心中が丁寧に描かれている。死刑囚・四七四番の場合、雇われの殺し屋として人を殺めてきたことに罪悪感を抱かず、運命論に基づいて自らの行為を正当化する一方、ある日とつぜん最愛の姉が家を出て行って以来、心を閉ざして孤独に生きてきたという背景を持つ。ユンは、一見穏やかで平凡な刑務官のようだが、死にゆくものを傍観する冷淡な心や、男を服従させたいという強い欲望をあわせ持った人物である。また、男の抱える苦しみを知ったことで、凶悪犯であるとわかっていながらも憐れみの念を抱き、その感情のはざまで葛藤する。ヘギョンは、弟であり息子でもあるヘジュン（死刑囚・四七四番）を深く愛するが、彼を守るためなら手段を選ばない冷酷さも持つ。そして彼と自分に共通する特殊な性質に気づきながらも、直視することなく逃避する道を選んだ。これらの人物について考えれば考えるほど、わたしたちの心は大きく混乱する。果たして悪とは何か。だれが悪人でだれが善人なのか。善と悪の境界線はどこにあるのか。そんな疑問が頭を巡る。著者のチョン・ヨンジュンは、本作についてこう語っている。

「四七四番にとって罪とは、なんの感情もない者を殺めることではなく、愛する人が自分を恐れ、離れていくことでした。人間は、普遍的な法律ではなく、自分だけの法律をより重視するものです。

わたしは、悪の本性ではなく人間について書きました。人間の行動、そして運命の受け入れ方や解釈について書きたかったのです」（『イーデイリー』著者インタビューより）

「理解できない行動、自分とは異なる考えを持っている人間を怪物と呼ぶのはとても容易なことです。しかし、単純に決まったものなどありません。いつの瞬間も判断し、決定した結果がわたしたちの人生なのですから」（『毎日経済』著者インタビューより）

本作は、数度の改作および推敲を経て生み出された作品である。二〇一二年にウェブマガジン文誌に短編「幽霊」としてはじめて発表され、その後、短編集『わたしたちは肉親じゃないか』（二〇一五年）に「四七四番」と改題して収録された。そして、主人公の姉であり母でもあるヘギョンのストーリーと、射手座の物語が新しく肉づけされる形で、中編小説『射手の星』（二〇一八年、月刊現代文学）となり、これを推敲して本作の出版に至っている。短編小説が中編小説へと改作されるのは珍しいケースである。このことについてチョン・ヨンジュンは、「人間には本質があり、その本質によって行動と欲望が生まれるのなら、その責任は誰にあるのか。本質を静めることのできなかった人間にあるのか、それとも創造者の責任なのか。この小説は、このような問いからはじまりました。人々が悲しみを抱く根源的な理由が、自らの本質を煩わしく思い、嫌悪しているからです。そのため、どんな解釈や判断も入れることなく、そんな人物をありのままに描いたのが短編「四七四番」でした。しかし、その後、完結したはずの小説の登場人物が、わたしに話しかけてくるような感覚を抱きました。それはとても奇異なものでしたが、それまで考えたことのなかったヘギョンのストーリーや場面が具体的に頭に浮かぶようになりました。わたしにとっても、この小説は異例だといえます。小説はフィクションですが、著者の結論とは別に、まるで生き物のように自ら動くこともあるということを実感しました」と語っている。

ここで、本作に登場する韓国の受刑者の衣服（以下、囚人服）や死刑制度について少し説明しておきたい。本作では、四七四番の囚人服にある赤い名札が何度か描写されており、印象に残っている方も多いかもしれない。一般的に、囚人服の右胸には部屋番号が、左胸には称呼番号が表記されている。これらの名札は、罪や刑によって色分けされている。例えば、死刑囚の場合は赤色、一般囚人は白色、麻薬犯は青色、殺人・強盗・強制わいせつなどの凶悪犯（要注意人物）は黄色である。また、囚人服の種類はさまざまで、色にも意味がある。例えば、刑が確定していない場合、男性は黄土色、女性は薄緑色、刑が確定している場合は男女ともに青色、そのなかでも男性模範囚は黄色、女性模範囚はピンク色となっている。なお、韓国は死刑制度を有しているが、一九九七年を最後に死刑は執行されていない。そのため、国際社会においては事実上の死刑制度廃止国とみなされているのが現状である。

さて、チョン・ヨンジュンは、一九八一年に韓国の南西部にある光州市で生まれた。朝鮮大学のロシア語学科を卒業後、同大学院で文芸創作学科修士課程を修了した。二〇〇九年に、体重が五五〇キロの女性とその家族を描いた短編小説「グッドナイト、オブロー」で作家デビューして以来、精力的に執筆活動に取り組んできた。海におぼれたアラブ人労働者が生死をさまよいながら家族を想う短編小説「ガーナ」(二〇一一年)、勤務する病院で数十年ぶりに父親と再会する男性の苦悩を描いた短編小説「私たちは肉親じゃないか」(二〇一五年)など、孤独や死、罪、悲しみをテーマに人間の内面を繊細に描写し、「韓国文学史上かつてないほど、美しい死の文章を綴る作家」と評価されたチョン・ヨンジュン。過去三回文学トンネの「若い作家賞」(文壇デビュー十年以内の作家を対象とする文学賞)に選ばれたほか、二〇一六年に、自閉症の青年と過ごした大学生の一日を描いた短編小説「宣陵散策」で黄順元文学賞を受賞し、二〇一九年には、ある日突然死にたいと言い出した母親とその息子の心の痛みを綴った短編小説「消えゆくもの」で文知文学賞を受賞するなど、これまで多数の文学賞を受賞してきた。最新作に、吃音症の男の子の心の葛藤と成長を描いた長編小説『僕が話しているじゃないか』がある。抜群の想像力と、独創的な世界観、そして読者を惹きつける文体を特徴としており、今最も注目されている若手作家の一人である。高麗大学大学院の文芸創作学科博士課程を修了し、現在、執筆活動と並行して、ソウル芸術大学で文芸創作教授として教壇に立っている。彼の小説が邦訳出版されるのは、短編小説「宣陵散策」(藤田麗子訳、クオン)に続いて本作が二作目となる。

そもそもチョン・ヨンジュンと文学との出会いは、軍隊に入隊中のことだったという。大学に入学した翌年の二〇〇一年に入隊した彼は、読書らしい読書をしたのは人生でそのときが初めてだったそうだ。最初は、本棚に並べられた小説を嫌々手に取っていたものの、いつの間にか夢中になっていたという。部隊に置いてある書籍はすべて読み、休暇のたびに自ら本を買ってくるほどのめり込んでいたそうだ。集団で過ごす軍隊生活で、誰一人として理解者がいない、そして他人の理解は必要ないと感じていたチョンだったが、小説の著者や登場人物だけは自分の気持ちに寄りそい、受け入れてくれるような感覚を抱き、それが大きな力となったそうだ。この経験が人生のターニングポイントとなる。兵役を終えた彼は、大学に復学後、文芸創作学科のドアを叩いた。そこで出会った人々や作品から大きな感銘を受け、小説家を志すようになる。ある対談でチョンは、「身近な人にも自分の内面について話すことはそう多くないが、登場人物の気持ちに共感し、その内面の先にある無意識にまで入っていけるのが小説。小説は人間について語る、もっとも優れた道具であり、不完全な言葉を吐きだす唇よりもさらに優れた唇のようだ」と語っている。

チョン・ヨンジュンの小説は、ときに目をそらしたくなるほど重苦しく、心をえぐられるような感覚を抱くこともあるだろう。しかし、大切であるにもかかわらず見落としがちなことに目を向けるきっかけをくれ、正面から問題を突きつけてくれるのが彼の小説の魅力ではないだろうか。面倒なことから目をそらしていないか、表面的な情報に惑わされていないか、短絡的な解釈で思考を止めていないか。そんな熱のこもった言葉がページの端々から聞こえてくるような気がしてならない。

数年前、チョン・ヨンジュンは読者からの質問に答える形で、こんな話をしたことがある。「小説は、すぐに応用したり活用できるような実用的なものではありませんが、わたしの作品が、読者の思考や感覚の一部になれたら幸いです。まるで、なにかに触れていつまでも指先に残る感覚のように、読者の心に残ってくれることを願います」。本作の読者の皆さんがこのように感じてくださったなら、この上ない喜びである。

最後に、チョン・ヨンジュン小説の愛読者の一人として、彼の作品を邦訳出版する機会に恵まれたことに心からの感謝を捧げたい。編集にあたってくださった彩流社の朴洵利さん、そして支えてくださったすべての方々に深く感謝申し上げます。

本書の出版にあたり、韓国文学翻訳院の支援をいただいた。重ねて感謝を申し上げます。

二〇二一年初秋　浅田絵美

【著者について】

チョン・ヨンジュン（鄭容俊）

1981年光州生まれ。朝鮮大学校ロシア語学科卒業後、同大学大学院文芸創作学科修了。2009年に短編「グッドナイト、オブロー」が雑誌『現代文学』に掲載され文壇デビュー。2011年に短編「トトト、ト」で第2回〈若い作家賞〉を、2016年に「宣陵散策」（2019年、クオンより邦訳刊行済み）で第16回〈黄順元文学賞〉を受賞した。現在はソウル芸術大学文芸創作科で教鞭を執る。

【訳者について】

浅田絵美（あさだ えみ）

1983年広島県生まれ。韓国学中央研究院韓国学大学院の人類学科修士課程卒業。日本の放送局にてディレクターとして勤務後、韓国でラジオのパーソナリティや翻訳の仕事をはじめる。韓国文学翻訳院の翻訳アカデミー特別課程を修了。同アトリエ7～10期生。

幽霊《ゆうれい》

2021年10月1日　初版第1刷　　定価はカバーに表示してあります。

著者　チョン・ヨンジュン
訳者　浅田絵美
発行者　河野和憲

発行所　株式会社　彩流社
〒101-0051　東京都千代田区神田神保町3-10　大行ビル6階
TEL 03-3234-5931　FAX 03-3234-5932
ウェブサイト　http://www.sairyusha.co.jp
E-mail　sairyusha@sairyusha.co.jp
印刷　モリモト印刷㈱
製本　㈱難波製本
装幀　大倉真一郎
装画　柳智之
©Emi Asada, Printed in Japan, 2021.

乱丁本・落丁本はお取り替えいたします。　ISBN 978-4-7791-2777-9 C0097
本書は日本出版著作権協会（JPCA）が委託管理する著作物です。複写（コピー）・複製、その他著作物の利用については、事前にJPCA(電話 03-3812-9424、e-mail:info@jpca.jp.net）の許諾を得て下さい。
なお、無断でのコピー・スキャン・デジタル化等の複製は著作権法上での例外を除き、著作権法違反となります。

【彩流社の海外文学】

中央駅

キム・ヘジン 著
生田美保 訳

路上生活者となった若い男と病気持ちの女……ホームレスがたむろする中央駅を舞台に、二人の運命は交錯する。『娘について』（亜紀書房）を著したキム・ヘジンによる、どん底に堕とされた男女の哀切な愛を描き出す長編小説。

（四六判並製・税込一六五〇円）

わたしは潘金蓮じゃない

劉震雲 著
水野衛子 訳

独りっ子政策の行き詰まりや、保身に走る役人たちの滑稽さなど、現代中国の抱える問題点をユーモラスに描く、劉震雲の傑作長編小説、ついに翻訳なる！

（四六判並製・税込一六五〇円）

【彩流社の海外文学】

鼻持ちならぬバシントン

サキ 著
花輪涼子 訳

サキによる長篇小説！　シニカルでブラックユーモアに溢れた世界観が特徴の短篇作品の巧手サキ。二十世紀初頭のロンドン、豪奢な社交界を舞台に、独特の筆致で描き出される親子の不器用な愛と絆。

（四六判上製・税込二四二〇円）

不安の書【増補版】

フェルナンド・ペソア 著
高橋都彦 訳

ポルトガルの詩人、ペソア最大の傑作『不安の書』の完訳。長年にわたり構想を練り、書きためた多くの断章的なテクストからなる魂の書。旧版の新思索社版より断章六篇、巻末に「断章集」を増補し、装いも新たに、待望の復刊！

（四六判上製・税込五七二〇円）

【彩流社の海外文学】

八月の梅

アンジェラ・デーヴィス＝ガードナー 著
岡田郁子 訳

日本の女子大学講師のバーバラは急死した同僚の遺品にあった梅酒の包みに記された手記の謎を掴もうと奔走する。日本人との恋、原爆の重さを背負う日本人、ベトナム戦争、文化の相違等、様々な逸話により明かされる癒えない傷……。

（四六判上製・税込三三〇〇円）

ヴィという少女

キム・チュイ 著
関未玲 訳

人は誰しも居場所を求めて旅ゆく——。全世界でシリーズ累計七十万部以上を売り上げ、二十九の言語に翻訳され、四十の国と地域で愛されるベトナム系カナダ人作家キム・チュイの傑作小説、ついに邦訳刊行！

（四六判上製・税込二四二〇円）

【彩流社の海外文学】

魔宴

モーリス・サックス 著
大野露井 訳

瀟洒と放蕩の間隙に産み落とされた、ある作家の自省的伝記小説、本邦初訳！ ジャン・コクトー、アンドレ・ジッドを始め、数多の著名人と深い関係を持ったサックス。二十世紀初頭のフランスの芸術家達が生き生きと描かれる。

（四六判上製・税込三九六〇円）

蛇座

ジャン・ジオノ 著
山本省 訳

ジオノ最大の関心事であった、羊と羊飼いを扱う『蛇座 Le serpent d'étoiles』、そして彼が生まれ育った町について愛着をこめて書いた『高原の町マノスク Manosque-des-Plateaux』を収める。

（四六判並製・税込三三〇〇円）

【彩流社の海外文学】

そよ吹く南風にまどろむ

ミゲル・デリーベス 著
喜多延鷹 訳

本邦初訳！　二十世紀スペイン文学を代表する作家デリーベスの短・中篇集。都会と田舎、異なる舞台に展開される四作品を収録。自然、身近な人々、死、子ども……。デリーベス作品を象徴するテーマが過不足なく融合した傑作集。

（四六判上製・税込二四二〇円）

新訳　ドン・キホーテ【前／後編】

セルバンテス 著
岩根圀和 訳

ラ・マンチャの男の狂気とユーモアに秘められた奇想天外の歴史物語！　背景にキリスト教とイスラム教世界の対立。「もしセルバンテスが日本人であったなら『ドン・キホーテ』を日本語でどのように書くだろうか」

（A5判上製・各税込四九五〇円）